JN043152
トモヤは、その剣の名を口にする。
ステータス・オール∞《インフィニティ》
STATUS ALL INFINITY
「いくぞ——終焉剣《ジオ・フィーネス》」
3
八又ナガト
Nagato Yamata
illustration
シソ

ルナリアは両手を顔の高さまで上げる。
「がおー、たべちゃうぞー」

リーネの声が
凛然《りんぜん》と響いた。
「収《しゅう》斂《れん》燦《さん》火《か》」

「う…そ…」
シアはその場で両膝を地につける。

「爆炎の王よ。我が宝剣に宿りたまえ!」
ユーリは全身全霊で宝剣を振り下ろす。

トモヤは、リーネを
お姫様抱っこする。
「な、ななな、トモヤ！
君はこんな時に
何をしているんだ！」
トモヤは素早く
二つのスキルを発動する。
「ウィンド」
――爆風によって、
トモヤは空を飛んだ。

CHARACTERS

夢前《ゆめさき》智也《ともや》

異世界に召喚《しょうかん》
された高校生。
全ての
ステータス値が
∞《むげんだい》の力を持つ。

リーネ

冒険者ギルドで
出会った少女。
赤騎士の
異名を持ち、
類稀《たぐいまれ》な剣の
才能がある。

ルナリア

魔族の少女。
トモヤが助けた
ことで懐き、
孤児院から
引き取ることに
なった。

シア

エルフ族の
少女。
世界樹
ユグドラシルの
守り人。

メルリィ

シアの妹。
三年前のとある
事件により、
額に傷を
負ってしまう。

ユーリ

デュナミス王国の
第一王女。
可愛《かわい》さと綺麗《きれい》さを
併せ持ち、
意思が強い。
リーネのことを
ライバル視
している。

ステータス・オール∞《インフィニティ》 3

八又ナガト

ヒーロー文庫

ステータス・オール

インフィニティ

STATUS
ALL
INFINITY

3

CONTENTS

illustration シソ

イラスト／シソ
装丁・本文デザイン／5GAS DESIGN STUDIO
校正／竹内春子（東京出版サービスセンター）
DTP／松田修尚（主婦の友社）

この物語は、小説投稿サイト「小説家になろう」で発表された同名作品に、書籍化にあたって大幅に加筆修正を加えたフィクションです。実在の人物・団体等とは関係ありません。

第一章　答えは未《いま》だ遥《はる》か遠く

「トモヤ、おそいよっ！　はやくはやくっ！」

温かな陽光に照らされる緑豊かな森の中、美しい白銀の髪を持つ少女――ルナリアは、満面の笑みを浮かべながらトモヤに向けてそう言った。

ぐいぐいと、繋《つな》いだ手を力いっぱい引っ張るルナリアにトモヤは軽く苦笑する。

「ああ、わるい。それじゃ行くか」

「うんっ！」

元気いっぱいの返事をするルナリアと一緒に、トモヤは改めて歩き始めた。


エルフの国サルトゥス、その中でも最大の都市セルバヒューレにて起きたルーラースライムの襲撃から早くも五日が経とうとしていた。

トモヤ達は今もまだ、セルバヒューレで出会ったエルフの姉妹、シアとメルリィの実家であるエトランジュ家にお世話になっていた。

とはいえ、何もせずただ世話になるわけにもいかないため、山菜を採ったり獲物を狩ったりして、エトランジュ家に提供していたりするのだ。もっとも、そんなことをしなくてもあの一家は気にしないとは思うが、せめてもの義理というやつだ。

それらが今、トモヤとルナリアがこうして二人で森の中を歩いている理由である。

まあ、二人で散歩を楽しみたいという気持ちが含まれていないと言えば嘘《うそ》になるが。いや、むしろそっちの方が本題だったりするかもしれないが。

トモヤは嬉《うれ》しそうに森の中を歩いていくルナリアに視線を向ける。

陽光を受けて輝く白銀の髪を肩まで伸ばし、深い海のような碧眼《へきがん》を持つルナリア。

ワンピース風の少女然とした服装も相まって、今日はより一層、子供らしい活発な印象を受けた。ルナリアの新しい一面が垣間見え、満足するトモヤであった。


それからしばらく、トモヤとルナリアはいろんな会話を楽しみながら歩を進めた。

適度に果実などを採集しつつ森を歩いていると、不意にその景色が現れた。

木々を抜けた先にあるのは、近くの山脈から流れてくる綺麗《きれい》な川だった。透き通る水が、陽光を受けてきらきらと輝いている。

「わあ、すごいね、トモヤ！」

「ああ、本当にな。せっかくだし、ちょっと休憩していくか」

「いいのっ⁉」

頷《うなず》くと、ルナリアはパァっと目を輝かせた。

彼女は靴を脱ぐと、裸足《はだし》のまま川に入っていく。

ワンピースの裾を掴《つか》んで、水につかないようにあげたまま、楽しそうに足踏みをして水しぶきをあげていた。

「きゃっ、冷たい！　でもきもちいいね、えへへっ」

「……ふむ」

そうやって遊ぶルナリアの様子を、トモヤは真剣に眺めていた。親バカというわけではないが、まさに天使がたわむれる姿と評しても過言ではないだろう。

いや、何ならまだ表現が足りないまである。

間違いなく、天使どころか女神の域にまで至っているだろう。いや、むしろ女神などという、この世界にある言葉で表現しようとする方がおかしいのではないだろうか。

言語すら超えた存在、それがルナリア。

つまり、ルナリアとはそういった一つの概念であると言えるかもしれない。

「……ん？」

などとふざけた考えをしていたトモヤだったが、ふとルナリアから視線を外して周りを見てみると、近くの木に果実がなっているのに気付いた。

トモヤはそのそばに寄ると、鑑定を使用した。赤色の粒が集まって出来たそれは、どうやらベリー系の果物のようだ。

持って帰るために幾つか採り、異空庫の中に入れておく。

「ルナ、これ食うか？」

「？　それ、なあに？」

そのうちの一つを、清浄魔法をかけた上でルナリアに手渡す。

それが何か分からなかったのか、彼女は可愛《かわい》らしく首を傾《かし》げていた。

「果物だよ。こうやって食うんだ」

お手本を見せるため、粒を一つ取り口に含む。酸味と甘みが丁度いいバランスで、食べやすい味わいだった。

「うん、わかった。いただきますっ」

トモヤがやってみせたのと同じ方法で、果実を口の中に入れる。そのまま一度噛《か》み……

「んんぅ～、ちゅっぱい……」

ルナリアは舌を出してそんな感想を口にした。彼女には酸味が強かったのだろうか。

そう疑問を抱いたトモヤだったが。

「でも、おいしいねっ！」

慣れてしまえばその酸味もアクセントになるのか、美味《おい》しそうに次々と食べていく。

そうして顔を綻《ほころ》ばせる様はとても可愛らしい。

「っと、頬《ほほ》に果汁が飛んでるぞ」

「んっ？　どこ？」

「ここだ、ここ」

「んんぅ～！」

トモヤが手でルナリアの頬についた赤色の果汁を拭ってやると、くすぐったそうに身をよじる。

「トモヤ！」

「ん、なんだ？」

「ここ、座って！」

ルナリアの言葉に従うまま、川から少しだけ離れた場所にあぐらをかいて座る。

するとと彼女はその上にちょこんと座り、背中をトモヤに押し付けてきた。

「どうしたんだ？」

「なんか、こうしたくなったのっ！」

「そうか。ならしょうがないな」

特にトモヤの上に座る理由はなかったようだが、もちろん嫌ではなかったため断りはしない。むしろ、トモヤにとっても嬉しいことだ。

それから二人は会話を止め、しばらくぼうっと目の前の風景を眺めていた。

暖かい日が射し、優しい風が吹き、落ち着いた空気が流れる。ただ無言でいるだけなのに、この上ない幸せを感じ取っていた。

「なあ、ルナ」

「なぁに、トモヤ？」

「そろそろこの国からも出るだろうけどさ。次は、どんなところに行きたい？」

「んー、トモヤといっしょならどこでもいいよ？　だってね！」

ルナリアはどうしてもその先の言葉を面と向かって言いたかったのか、勢いよく振り向いた。そして希望と夢に満ちた笑顔を浮かべて、彼女は告げた。

「今までだって、トモヤといっしょならどこでも楽しかったから！　えへへぇ」

「――――」

どこまでも純粋な言葉。だからこそ、トモヤの胸にも強く響いた。

「そっか。俺もルナと一緒だから、楽しいよ。これからも一緒にいよう、ルナ」

「……うんっ！」

こんな日々が続いていけばいいと。

そっと、心の中でそう零《こぼ》すのだった。

◇◆◇

ルナリアと手を繋《つな》ぎながらエトランジュ家への帰り道を歩いていると、離れた場所からブンッ！　ブンッ！　という風切り音が聞こえてきた。

「何の音だ？」

「あっちから聞こえたよっ！」

ルナリアに引っ張られるまま歩を進めると、すぐに音の正体を見つけることができた。

森の中に突如として現れた、木々の少ないひらかれた空間。そこには真剣な眼差《まなざ》しで訓練用の剣を振るう一人の女性がいた。

緑豊かな森林と対照的な燃え盛る炎のような赤髪を靡《なび》かせ、力強さを感じる翡翠《ひすい》の瞳が特徴的な美しい女性――リーネ。

トモヤが異世界《いせかい》にやってきてから最も長い時間を共に過ごし、誰よりも信頼している存在だ。

どうやらリーネはここで剣の修練に励んでいるみたいだった。

リーネは近付いてきたトモヤとルナリアの存在に気付いたようで、素振りを止めて視線を二人に向ける。

「む、誰かと思えばトモヤにルナか。私に何か用だろうか？」

「いや、ルナと散歩してる途中に素振りの音が聞こえたから気になって来てみただけだ。

邪魔をしたんだったら悪い」

「私が君達を邪魔と思うわけがないだろう。それにそろそろ休憩しようと思っていたところだ」

「ならよかった」

トモヤ達は休憩するリーネに合わせて、ここで一休みすることにした。

その場に座りながら、三人は何気ない会話を楽しむ。

「それで、トモヤ達は今日も魔物狩りをしていたのか？」

「その予定だったんだけど、結局魔物とは遭遇しなかったな。まあ、ルナと一緒に散歩ができてリフレッシュはできたよ」

「そうか、それは何よりだ……ん？　私の袖を掴んで、どうしたんだルナ？」

「はい、リーネ！　まものとは会わなかったけど、おいしいくだものはとれたのっ」

「ふむ、これはリルの実か。疲労軽減の効果があるという果物だな。では、ありがたく頂くとしよう……うん、酸味があって美味しい。ありがとう、ルナ」

「えへへ！　どういたしまして、だよっ！」

三人でリルの実を分けながら、平穏な時間を過ごしていく。

（……やっぱりいいな、こういうの）

やはりこの三人で過ごす時間はとても心地よく、この関係性が変わるなど以前のトモヤ

ならば考えられなかっただろう。

——そう、以前ならば。

とある事情を思い出し、無言のまま考え込むトモヤ。そんなトモヤを見て何を考えているのか悟ったのだろうか、リーネがおもむろに口を開く。

「そうだ、トモヤ。シアのことだが、今がどんな状況だか話を聞いているか？」

トモヤは首を縦に振る。

「既に関係者には話をしたみたいだけど、世界樹の守り人関係でかなり難航しているみたいだ」

「やはりそうか。なにせ、これまではほとんどシア単独の力によって成り立っていたという話だからな」

顎《あご》に手を当てながら、深い思考の海に沈んでいくリーネ。その隣でトモヤもまたシアについて思いをはせる。

もともとトモヤ達がセルバヒューレにやって来たのにはとある事情があった。

トモヤは自分の常人離れしたステータスでも扱える剣を欲しており、そのためには世界一の硬度を誇るといっても過言ではない終焉樹《しゅうえんじゅ》の核を素材とする必要があった。

しかし、実際に終焉樹の核を剣に加工する上でトモヤ達だけではどうしようもない問題に突き当たった。そしてその問題を解決できる可能性があるのはシアだけだという話を聞き、協力を頼むためにここセルバヒューレにまでやって来たのだ。

初めはとある事情から協力を拒否していたシアだったが、様々な出来事を共に乗り越えていく中で信頼を勝ち取ることに成功し、協力を得られることとなった。

その結果、見事に終焉樹の核を素材とした一振りの剣を創り出すことに成功したのがつい二日前のことだった。

それによってトモヤの目的は達成されたのだが、話はそこで終わらなかった。

終焉樹の剣が生み出された直後、シアはトモヤに向けて告げた。貴方達《あなた》の旅に自分も連れて行ってほしいと。

（あの時は、かなり驚いたな）

でも、同時にトモヤはその申し出を嬉しく思った。

セルバヒューレで同じ時間を過ごす中でシアのことを好ましく思っていたのは事実で、離れ離れになることが寂しいと思っていたからだ。

……まあ、それだけの好感を抱いていたからこそ、冷静ではいられなくなるような出来事もあったわけだが。今は頭の片隅に追いやっておく。

シアと離れ離れになるのが寂しいと思っていたのはリーネとルナリアも同じだった。

三人共が心から、シアが旅の仲間になることを喜び、万事解決――とはいかなかった。

まだ一つだけ、大きな問題が残されていたからだ。

その問題とはすなわち、世界樹の守り人筆頭であるシアが、今セルバヒューレから離れることができない、というものだった。

現状について頭の中で整理できたトモヤは、改めて口を開く。

「シアが外の世界に興味を持ったこと自体は、家族や他の守り人の方々も快く思ってくれているから問題ないんだけどな。先日のルーラースライム襲撃事件のことなんかを考えれば、やっぱり圧倒的な実力者が一人は町に残っておくべきだって話になってるみたいだ」

「ああ、世界樹ユグドラシルの重要性は言うに及ばず。シア一人の意向よりも、そちらが優先されるのは仕方ないことだろう」

「？　さっきから、何のおはなし？」

ルナリアには話の内容が難しかったのだろう。トモヤは微笑《ほほえ》みながら、きょとんと首を傾げるルナリア（可愛い）の頭を撫《な》でる。

これは何事にも代え難い幸福な時間だった。

「この町に何の問題も残すことなく、シアが俺達と一緒に来てくれたらいいな、ってことだよ」

「だねっ！　いっしょにたびするの、すごく楽しみ！」

満面の笑みで頷くルナリア。そんな彼女を見て、トモヤは気持ちを新たにする。

シア達に協力できることがあるのなら、何でもしてみせようと。

その後、休憩を終えて修練に戻ったリーネに付き合った後、三人で手を繋《つな》いでエトランジュ家に戻るのであった。

◇◆◇

「お帰りなさいませ、トモヤお義兄《にい》さま、リーネ様、ルナリア様！」

エトランジュ家に戻ってきたトモヤ達を出迎えてくれたのは、濃い青色の髪を肩まで伸ばすとても可愛らしい少女――メルリィだった。

ちょうど料理をしていたのか、木べらを手にしたままだ。

忙しい中、わざわざ出迎えてくれたのはとても嬉しいが……一つだけ、トモヤはメルリィに言わなければならないことがあった。

「なあメルリィ、少し訊《き》きたいことがあるんだけどいいか？」

「はい、もちろんです！　何でしょう、トモヤお義兄さま？」

「いや、それだよそれ。何で俺がメルリィからお義兄さまって呼ばれてるのか、今日こそ聞かせてもらってもいいか？」

「ふふっ、トモヤお義兄さまったら。そんな分かり切ったこと、改めて聞く必要ないじゃありませんか」

メルリィは手を口元に当てながら、くすくすと笑う。

その姿はとても可愛いと思うが、うまく質問を流されたトモヤは素直にそう思うことができなかった。

「……はあ、今日もはぐらされたか」

実のところ、理由はだいたい予想がついている。二日前のトモヤとシアの会話を、何らかの手段によって知ってしまったのだろう。

それ以来、メルリィはトモヤとシアの関係を勘違いし、このようにお義兄さまと呼ぶようになってしまったのだ。

確かに、メルリィのような可愛らしい女の子から兄のように慕われること、それ自体はとても嬉しい。けれどそう呼ばれるようになった理由を考えると、純粋に喜ぶことはできなかった。

トモヤはゆっくりと息を吐き、落ち着きを取り戻すと、メルリィに視線を向ける。

「シアはまだ戻って来てないんだよな?」

「はい、今日も守り人の方々でお話をしているみたいです」

「……だよなー」

予想していた通り、なかなか前途多難のようだ。守り人関係の問題が解決するまで、もう少し時間がかかることだろう。

「そう焦ることはないだろう。時間はある。気長に行こう、トモヤ」

少しだけ気落ちするトモヤの肩に、リーネの手がポンっと乗せられる。

たったそれだけで、トモヤは不安が全て消えていくような気がした。

「ありがとうリーネ」

「うん、どういたしましてだ」

リーネは小さく口角を上げる。

その笑みはどちらかといえば可愛いというよりもかっこよく、改めて頼りがいのある相棒だと思うトモヤであった。


「――これは、どういう状況？」


トモヤとリーネが共に微笑み合っている間に、小さく、けれど芯の通った声が響く。

トモヤにとってはもう聞き慣れたその声がした方向に振り向くと、彼女がいた。

光沢のあるセルリアンブルーの長髪に、雪のように白い肌、エルフ族特有の少しだけ先の尖《とが》った耳、そして深い青色の瞳が特徴的な少女――シアだ。

トモヤがセルバヒューレにて最も仲良くなった相手であると同時に、これから共に旅をしようと約束した間柄でもある。

守り人達と話をしていたはずだが、どうやら今日は終わるのが早かったらしい。

「お姉さま、お帰りなさいませ！」

「ただいま、メルリィ」

シアの姿を見るや否《いな》や、メルリィはシアの腕の中に飛びつく。シアは嬉しそうな表情でメルリィの体を受け止めた。

ルーラースライム襲撃事件をきっかけにお互いの気持ちを吐露《とろ》し合った二人は、以前にも増して仲が良くなっているのだ。

そんな二人を見ていると、思わず自分の頬《ほほ》も緩んでしまう。

「……トモヤ？」

「――――ッ」

そんなトモヤを不思議に思ったのか、シアが首を傾げながらトモヤの名を呼ぶ。

シアの唇を見た瞬間、トモヤの脳裏に二日前の光景がフラッシュバックする。

そのせいで反射的に顔を逸《そ》らしてしまった。

「……？　まあ、いい」

（……ほっ）

トモヤの反応を特におかしくは思わなかったらしいシアが視線を外すのを確認し、心の中で安堵《あんど》の息を吐く。

本当はこのような反応をするべきではないのは分かっている。

とはいえ、トモヤが本当の意味で〝その出来事〟を受け止めるまでに、もう少し時間が必要なのもまた事実なのだ。

相変わらず情けないと、そう自分を卑下するトモヤであった。

夕食の場ではシアとメルリィの両親であるオーラルとメーアも含めて、計七人で食卓を囲んでいた。食卓に置かれている料理を見たシアの目から光が消える。

「……肉が、ない⁉」

それは絶望のどん底に突き落とされたかのような声だった。

メルリィは苦笑しながら、そんなシアをなだめるように言う。

「申し訳ありません、お姉さま。本日はお肉を準備できず、野菜を中心としたメニューになってしまいました」

「……ここ最近は毎日肉料理があったのに。なぜ、今日だけ……！」

「ここ数日のお肉料理に使っていたのは、トモヤお義兄さまが狩ってきてくださった魔物のお肉だったんです。それがない日は、残念ながら作れません」

「な……に？」

シアは眉をひそめながら、トモヤに鋭い視線を送る。

「トモヤ、貴方を信じた私が間違えていたみたい」

「まさか、たった一日魔物を狩ってこなかっただけでそこまで言われるとは……」

シアの肉にかける情熱は果たしてどこから生まれてくるのだろうか。

シアの真剣な表情を見ると、なぜか自分が全て悪いように感じるトモヤだった。

彼女がそこまで肉にこだわりがあると知っていれば、異空庫に保存している食材を提供することは確かにできた。そういう意味ではトモヤにもある程度の非があると言えるかもしれない。

「いや、待ってくれ」

しかし、それでも反論したいことがある。

「俺が昨日までメルリィに提供した分の肉は、明らかに昨日までの食卓に並んだ量より多かったはずだ。その分を使えば今日も肉料理が作れたんじゃないか？」

そう問うと、メルリィは何らかの責任から逃れるようにすぅーと顔を背ける。

しまった、今の言い方ではまるでメルリィに責任を追及しているかのようだ。そんなつもりはなかったんだと、トモヤが言いかけた瞬間、メルリィが恐る恐る口を開いた。

「いえ、その、何と申しますか、確かにトモヤお義兄さまから頂いた食材を夕食で全て使い切ることはありません。ですが不思議なことに、置いていた分のお肉は、朝になった時にはいつも跡形もなくなっているのです」

「朝になったらなくなっている？　まさか！」

ばっと、トモヤはシアを見た。シアはわざとらしく視線を食卓の料理に向ける。

「やっぱりよく見たら美味しそう。いただきます」

「待て、シア」

ぐっと、トモヤはシアの肩を掴む。

「何か言うことがあるだろ？」

「何もない。変なトモヤ」

「逃げたら罪が重くなるぞ」

「私に罪はない。決して夜な夜な食糧庫から肉を取って焼いて食べていたりしない。そのたびに『俺がやりました　トモヤ』という紙を置いてたりもしない」

「そんなことまでしてたのか!?」

想定していたものを遥かに上回る悪行に、トモヤは絶句する。

「けど、ようやく真相を口にしたな」

「む、誘導尋問だったとは。トモヤは卑怯《ひきょう》」

「いったいどの口が言ってるんだ」

「ん、ん〜〜〜」

シアの頬《ほほ》を掴み、ぎゅ〜と引っ張る。

シアは抵抗するような声を上げるが、手を跳ねのけようとはしない。それどころか少しだけ楽しそうな表情を浮かべていた。

そんな二人に、これまで静観を貫いていたリーネが冷ややかな視線を向ける。

「まったく、君達はいつまで騒いでいるんだ。せっかくの料理が冷めてしまうぞ」

反論の余地がない正論だった。トモヤとシアは姿勢を正すと、同時に頭を下げる。

「「ごめんなさい……」」

謝罪する二人を見て笑ったのは、オーラルとメーアだ。

「はっはっは、二人とも仲がいいようで何よりだ！」

「ふふふ、これは私達に新しい家族ができるのもすぐかもしれませんね」

なぜここで新しい家族の話になるのか、トモヤは理解できなかったため何のリアクションも取らずにスルーすることにした。

「……本当に理解してないんだからな！」

「ふえっ？　いきなりどうしたの、トモヤ？」

どこの誰に対してかも分からないトモヤの言い訳に、ルナリアが可愛らしく首を傾げながらツッコミを入れてくれるのだった。

その後、改めて食事が再開される。

シアも肉料理が特別好きなだけで、野菜料理も普通に食べられるようだ。パクパクとフォークを進めていく。

そんな中、おもむろにシアがトモヤ達に告げた言葉は、今後の方針に大きく影響が出るものだった。

「そうだ、伝えておかないといけないことがあった。やっぱり、私がこの町を出られるまでもう少し時間がかかりそう」

「……やっぱりか」

シア曰《いわ》く、今シアが世界樹の守り人から外れてしまえば、残されたメンバーだけでは戦力が心もとないとのことだった。

世界樹の守り人は、一人一人がその栄誉ある役職に相応《ふさわ》しい実力を持っている。彼らが力を合わせればAランクの魔物は難なく討伐できるし、Sランクの魔物とさえ対等に渡り合えるとのことだった。しかし、時にはイレギュラーな事態というものが発生する。

ルーラースライムのように、Sランクさえも超えた強力な敵が現れた時にはシアクラスの実力者でないと相手にすらなれない。

だからこそ、せめて単独でSランクに匹敵する力の持ち主、すなわちシアが世界樹の守り人には必要というのが、ここ数日の話し合いで出た結論なのだという。

「私は三年前、自分から無理を言って守り人の役目を引き受けた。だから、無責任にその役目を放り投げることはできない。私が必要とされる限り、私はここに居続ける」

シアもまた、その結論に異論はないとのことだった。

それどころか、強い決意とともに自らの役割を全うする気だ。

トモヤはそんなシアの気持ちを尊重したいと思った。

「だから――トモヤ、リーネ、ルナ」

しかし、シアは申し訳なさそうな表情を浮かべたままトモヤ達を見る。

「自分で旅に連れて行ってほしいなんて言っておきながら、こんなことを言うのもどうかと思うけれど、仕方ない。迷惑になるようなら、私を置いて出発してほしい」

それはきっと、彼女の心からの懇願。

真剣な気持ちを、やっとの思いで口にしたものだ。

だけど、告げられた側のトモヤ達はというと、三人で顔を合わせた後――笑った。

「？？」

混乱した様子のシアに向けて、トモヤ達は次々と自身の考えを告げていく。

「バカ言うな、そのくらいの理由で置いて行くわけないだろ」

「そうだな。それよりも、どうすればいち早くこの問題が解決するか皆で協力して考えるべきだろう」

「うん！　みんないっしょが一番！　だよっ！」

「……ありがとう、皆」

シアは感激した表情を浮かべた後、力強くこくりと頷く。

「なら、頼らせてもらう。皆にも力を貸してほしい」

「おう」

「ああ」

「うんっ！」

改めてお互いの気持ちを共有できたタイミングで、メルリィが人数分の紅茶を入れてきてくれる。

「どうやら話はまとまったみたいですね。こちら、食後のお飲み物です」

「ありがとうメルリィ。とは言ってもここからが本題なんだけどな」

「守り人の件ですよね？　私も協力したいところですが、まだまだ実力不足でして……大変申し訳ありません」

「メルリィが責任を感じる必要はないよ」

「ふふふ、ありがとうございます、トモヤお義兄さま。そう言っていただけたおかげで、少しだけ救われたような気がします」

「それはそれは、どういたしまして」

特別気の利いた言葉を言った気はしないが、メルリィがそう思ってくれたのなら、悪い気はしない。ふと、メルリィがぽつりと呟《つぶや》く。

「せめてここにマーレお姉さまがいてくれれば、話は変わってくるんですが」

「マーレ？　それって確か、二人のお姉さんだったたっけ？」

「はい、その通りです」

トモヤも聞いた覚えがあった。

三年前にセルバヒューレから旅立った、シアとメルリィの姉。そして三年前のあの事件が起きるまで、世界樹の守り人筆頭だったという人物だ。

すると、おもむろにリーネが口を開く。

「ふむ、そのマーレという人物は、シアがいなくなった後の守り人の柱になれるだけの実力者なのだろうか？」

その問いにシアとメルリィは頷いた。

「お姉ちゃんは強い。少なくとも三年前の時点では、私がミューテーションスキルを使用したとしても勝ち目はなかった」

「そうですね。今でこそシアお姉さまがエルフ族歴代最強の弓使いと言われていますが、かつてその称号を手にしていたのはマーレお姉さまです。何でも、ある模擬戦ではお姉さまを除いた守り人全員を相手にして圧勝したこともあったようです」

「……そこまでなのか。それは驚いたな」

リーネが驚愕《きょうがく》する横で、トモヤはどちらかというと腑《ふ》に落ちた気分だった。

リーネとは異なり、トモヤにはマーレの実力を想像できるだけの情報があったからだ。ルーラースライムは言っていた。三年前、マーレは世界樹を襲撃したルーラースライムをコテンパンに倒してみせたと。

当時はまだルーラースライムが世界樹の果実を手にしておらず、トモヤが相手にした時と比べていくらか実力が劣った状態だったのだろうが、それでも規格外の存在であることには変わらない。

少なくともSランクには達しているルーラースライムを単独で討伐してみせたのだ。マーレが常人離れした実力を持っていることを想像するのは容易《たやす》かった。

だからこそ惜しむらくは、そんな彼女が今この場にはいないことだろう。

「マーレお姉さまは三年前に家を出て行って以来音沙汰《おとさた》がありませんからね。今どこで何をしているのでしょう」

「分からない。けれど、まず東大陸《ミアレルド》に行くと言っていた。今頃は冒険者にでもなって、楽しんでると思う」

「――――東大陸《ミアレルド》？」

その時、トモヤの脳裏に何かが引っかかった。

何かを忘れてしまっているような、そんな感覚だ。

「トモヤ、東大陸がどうかしたのか？」

「い、いや、何でもないよ」

リーネに尋ねられるも、自分でも何に引っ掛かっているのか分からなかったため、トモヤはそう言って誤魔化した。だが、引っ掛かり自体は残っている。

東大陸。エルフ族、青髪……一つ一つは取るに足らない情報でも、それらが合わされば大きな意味が生まれるような気がしていた。

その疑問の答えは、すぐに明らかとなった。


「あらあら、久しぶりに家に帰って来てみれば見知らぬ人達がたくさんいるわね。まあそれは置いておいて、さっきから私の誉め言葉がたくさん……とっても気分がいいわ！」


突如として、部屋全体に響き渡る凛《りん》とした声。

全員が反射的に体をそちらに向ける。

そこにいたのはシアとメルリィによく似た、それでいて少しだけ大人びた雰囲気の女性だった。

どちらかといえばシアよりもメルリィに近い、透き通るような青色の髪と、長い耳が特徴的な女性。顔立ち自体は確かに大人びているが、にっと緩んだ表情からは楽し気な感情が強く伝わってくるため、シアより年下のようにも見えた。

「お姉ちゃん？」

「！　マーレお姉さま⁉」

そんな彼女を見たシアとメルリィが同時に呼ぶ。とても似ているため予想はできていたが、やはり彼女が二人の姉であり、かつて世界樹の守り人であったマーレだった。

しかし、トモヤはその事実よりも別の事柄に思考が埋め尽くされていた。

不意に、トモヤとマーレの視線がぶつかる。

すると、マーレは「あれ」と呟いた後、続けてリーネとルナリアに視線を向けた。

引っ張られるようにトモヤも二人を見ると、リーネは目を見開き、ルナリアはぽかんと口を開けていた。どうやら二人ともまだ状況を呑《の》み込み切れてないようだ。

そんな異質な空気の中、トモヤとマーレは同時に口を開く。

「これは驚いた。まさかマーレが――」

「いったい誰が我が家にいるのかと思えば、まさか――」

そして言った。

「「フィーネス国にいた店員（冒険者）だったとは」」

――そう、トモヤ達とマーレは一度出会ったことがあったのだ。

話は終焉樹《しゅうえんじゅ》フィーネス暴走事件の少し後まで遡《さかのぼ》る。

リーネの兄であるモルドと遭遇し、話し合いをするために入った喫茶店。そこでトモヤ達に頼んでもいないカップル用パフェをサービスにと持ってきた店員こそが、今ここにいるマーレだった。

(そりゃ、あの程度の情報では思い出せないわけだ。あまりにも関連性が薄すぎる)

むしろ覚えがあるという段階までいけただけでも大したもんだと、トモヤは心の中で自画自賛する。

しかしまあ、フィーネス国には人族ばかりがいる中、周りとは少し違う特徴を持った彼女が印象深かったのは確かだ。むしろ向こうがこちらのことを覚えている方が驚くべきことだろう。

「えっと、マーレお姉さま達はお知り合いだったんですか?」

それぞれ面識があることを、当然メルリィは不思議に思った様子だった。

「知り合いってほどじゃないかな、顔を合わせたことがあるくらいだ」

「ええ、そうね。だけど私はよく覚えているわ。なんせあの時自己判断でサービスをしたせいで……いえ、この話は後でいいわね」

マーレはにやりと満面の笑みを浮かべると、そのまま告げる。

「話は聞いていたわ。皆が待ちに待ったマーレお姉ちゃんが、ここに帰還したわよ!」

——過程はどうあれ、それは現状を打破する一手となりえる言葉だった。

◇◆◇

「ちょっと不思議な出来事があったのよ」

前触れもなく、突如としてエトランジュ家に帰ってきたマーレ。

彼女はなぜ自分が戻って来たかを語った。

「東大陸で楽しくやってるところにね、突然スライム系の魔物の群れが現れて襲い掛かってきたの。まあ私にかかれば瞬殺は容易かったんだけど、違和感を覚えてね。普通だったらその地域では現れないような魔物だし、そもそもスライムっていうところがね。三年前に私が討伐したはずの敵のことを思い出したの。そしたら、この町に何かが起きてるんじゃないかって胸騒ぎが収まらなくなって、一度顔見せついでに戻って来ようかなって思ったわけよ」

「なるほど」

ルーラースライムのマーレに対する怒りを直接聞いたトモヤには、彼女の不安が正しいと判断できた。

ルーラースライムはトモヤと遭遇する前に、東大陸にいるマーレを見つけて攻撃を仕掛けていたのだろう。それはマーレが今ここにいることからも、失敗したのだと分かるが。

もしかしたら世界樹の果実を手に入れて莫大《ばくだい》な魔力を蓄えた後、もう一度襲い掛かる算段だったのかもしれない。

結果としてルーラースライムの襲撃にマーレの帰還は間に合わなかったものの、危機意識の高さと行動力は目を見張るものがあった。

同じことを思ったのか、特にメルリィは尊敬に満ちた眼差しをマーレに送っていた。

「なるほど、それで帰ってこられたんですね。さすがです、お姉さま！」

「ええ、そうでしょうそうでしょう。決して向こうで様々なバイトを次々とクビになったからやる気をなくして戻ってきたわけじゃないのよ？　……あの店長め、ちょっとパフェをお客さんにサービスしたくらいであんなに怒るなんて、ひどい話よまったく」

「………」

後半は小声で呟いていたが、トモヤの耳にはしっかりと聞こえた。

何だろう、さっきまで彼女に抱いていた尊敬の気持ちが薄れていく。

実力はあるとは言え、どうやらかなりテキトーな人物らしい。

……いや、まあ、それは初対面の時点である程度分かっていたが。

何はともあれ、マーレの帰還はシア達にとって好転をもたらすものだった。

「まあその辺りの話はいいわ。ここに戻ってくる途中で聞いたわよ。前回と同じ敵の襲撃があったけれど、シア達が協力して討伐できたんでしょう？　誰にも被害がなかったならそれでいいの」

「お、お姉さま？　くすぐったいです」

マーレは優しい笑みを浮かべると、メルリィの額を撫でる。そこは数日前まで傷のあった場所だった。声に出さずとも嬉しさが伝わってくるようなマーレの表情を見て、彼女が確かにメルリィ達の家族なんだと思うことができた。

そのまま少しの時間が経ち、マーレがメルリィを撫でるのを止めたタイミングで、シアは視線をトモヤに向ける。

そこに込められた真剣な思いから、彼女が何をしようとしているのか察したトモヤはこくりと頷いた。すると、シアは神妙な面持ちを浮かべてマーレに向き合った。

「お姉ちゃんは、このままここに留まるつもりなの？」

「そうね、しばらく旅はいいかしら」

「……なら、お願いがある」

「あら、シアからお願いなんて珍しいわね。何かしら？」

「私の代わりにもう一度、お姉ちゃんに世界樹の守り人になってほしい」

「……へぇ」

マーレは興味深そうな笑みを浮かべる。

「理由を聞いてもいい？」

「……うん」

ゆっくりと、シアは語り始める。

「私が取り返しのつかない失敗をしたあの時から今日に至るまで……お姉ちゃんがいない間、本当にいろいろなことがあった。努力して、それでも望む場所には届かなくて、挫折《ざせつ》して、苦しくて……そんな風に雁字搦《がんじがら》めになった私のところにある人がやってきたの」

シアは一瞬だけ、トモヤを横目で見る。

「私はずっと、自分の問題は自分自身で解決しなければならないと思い込んでいた。誰かに頼るなんて、絶対にしちゃいけないって」

「………」

「だけどそれは違ったの。勇気を出して誰かの力を借りることによって、私一人では到底乗り越えられないような壁を壊すことができた。そして壊された壁の向こうには、これまでの私では想像できないような輝かしい景色が広がっていた」

一呼吸置いて、シアは続ける。

「だからこそ思ったの。私はもっと、こんな景色を見てみたい。この町だけでは得られないであろう経験を、大切な人たちと一緒に得たい……トモヤ達と世界中を旅したい。だから、私がこれからもずっと守り人であり続けることはできない」

「なるほどね。それで、シアの代わりに私が守り人に戻って欲しいってわけね」

「そう」

確固たる意志と共に力強く頷くシアを見て、マーレは静けさのある表情で何かを考え始める。この場にいる全員に注目される中、おもむろに彼女は告げた。

「いいわ」

「っ、本当!?」

「ええ……ただし一つだけ、条件があるわ」

「……条件？」

何を言われるのかと身構えるシアに向けて、マーレは言った。

「この三年間で貴女《あなた》がどれだけ成長したのか見せてもらうわ。それで私を納得させてみなさい、シア」

◇◆◇

翌日早朝、世界樹の真下でシアとマーレは向かい合っていた。

お互いの距離は、約30メートル。それぞれが自分の体を超えるほどの大きさの木の弓を手にしている。

そしてそれを外野から見守るのが、トモヤ達四人だった。

「シアお姉さま、マーレお姉さま、どちらも頑張ってください！」

「ファイト、だよっ！」

メルリィとルナリアの二人は、分け隔てなくシアとマーレを応援している。

そんな二人を見ていると、胸が温かくなるが、トモヤまでマーレを応援するわけにはいかない。

マーレには悪いが、トモヤの気持ちはシアと一緒だ。彼女と共に旅することができたら、どれだけ楽しいだろうかと思っている。

だからこそ、ここではシアに勝ってもらわなければならない。

対するマーレはというと、感慨深そうに頭上に聳《そび》え立つ世界樹を見上げていた。

「こうして世界樹を見るのも久しぶりね。懐かしい気分になるわ。私が守り人の立場をシアに譲ってからもう三年になるものね」

「そう。そしてその三年で、私はお姉ちゃんを超えた。今からそれを証明する」

「ふふっ、それは楽しみね」

それを最後に二人は言葉を止め、真剣な表情を浮かべる。

辺りに響き渡るのは風と、それによって揺れる木々のざわめきの音だけ。

緊張感に満ちた空気の中、この模擬戦の審判を任されたトモヤは二人の間に立つ。

「二人とも、準備はいいか？　それでは――始め！」

開始の合図に合わせて、二人は同時に弓を構えて魔力の矢を放った（怪《け》我《が》を負わないために、今回は殺傷力のない魔力で出来た矢、魔矢《まや》を使用している）。

二本の魔矢は両者の中心で接触すると、パンッという音を鳴らして消滅した。

その光景を眺めながら、マーレは楽しそうに笑う。

「へえ、やるわね。私の知ってるシアなら今の速度には追い付けなかったのに」

「それは以前の話。今の私にとってはこのくらい余裕」

「あら、じゃあこれはどうかしら！」

続けてマーレから放たれたのは、十を軽く超える大量の魔矢だった。

魔矢は大気を縦横無尽に駆けて、シアの逃げ場をなくすように襲い掛かっていく。

「ウィンドブレス」

それらを一つ一つ避けるのは効率が悪いと判断したのか、シアは風魔法を発動した。

吹き荒れる暴風が次々と魔矢を掻《か》き消していく。

「……凄まじいな」

その光景を前に、トモヤは思わずそう呟いた。

シアの風魔法はかなり高水準の威力を保有しており、これを打ち砕くのは並の実力者ではとても不可能だろう。

さらにシアには空間《くうかん》飛射《ひしゃ》というミューテーションスキルまである。

これは一方的な戦いになるかもしれないと、トモヤが思った直後だった。

「私の矢はことごとく防がれちゃうみたいね。なら、これはどうかしら？」

「―――!?」

あろうことか、マーレは魔矢での攻撃を諦め接近戦に移行した。

鋭い踏み込みによって、一瞬でシアの懐に潜り込んだマーレは、なんとそのまま弓をシア目掛けて薙《な》ぎ払った。

「くっ！」

後ろに飛び退《の》くことによって、かろうじてその攻撃を躱《かわ》すシア。しかしマーレは止まることなく追撃を仕掛けていく。

どうやらマーレは弓そのものを武器にして物理的ダメージを与えるつもりらしい。

一度はシアの持っている弓を創造して扱ったことがあるトモヤだから分かるが、あの弓に使われる木はしなやかさと同時に鉱石を上回る硬度も併せ持っているため、たしかに有効な攻撃となるだろう。

何より驚いたのは、弓を振るうマーレの姿が様になっているということだ。武器を扱った経験はリーネやシアに大きく劣るトモヤであっても分かるほどに。

「凄《すご》いな、彼女は。弓を振り回し始めた時は何を考えているのかと思ったが、かなり熟練された動きだ。剣を持たせても強いんじゃないだろうか？」

同様の感想を抱いたらしいリーネが、感心したようにそう零《こぼ》した。

「リーネもそう思うのか？」

「ああ。それに技術はもちろんだが、純粋に身体能力が高いんだろうな。かなり高水準のステータスを持っていそうだ」

「ステータスか。確かに気になるな――あっ」

しまったと思う暇もなかった。

トモヤがマーレのステータスを知りたいと思った瞬間、鑑定が自動発動する。

マーレ・エトランジュ　19歳　女　レベル：58
職業：射手
攻撃：64600　防御：58000　敏捷《びんしょう》：68800
魔力：66300　魔攻：60200　魔防：56500
スキル：剣術Lv4・弓術Lv6・水魔法Lv5・風魔法Lv6・千里眼Lv4・気配遮断Lv4・高速演算Lv5

「このステータスは……驚いたな」

そこに書かれていたのは、トモヤの想像を大きく上回る数値だった。

トモヤがこちらの世界で見てきた中でも、最も強力なステータスを保有していたのはリーネとシアの二人だ。だがマーレのステータスは二人を遥かに上回っていた。

「マーレのステータスを見たのか？」

「ああ、うっかりと」

「そうか。それで、いったい何に驚いたんだ？」

ざっくりとマーレのステータス内容を伝えると、リーネは翡翠《ひすい》の目を大きく見開く。

「平均６００００越えのステータスか、確かにそれは驚異的だな。ただ少し納得できた点もある」

「納得できた点？」

「ああ。彼女の弓の扱い方に覚えがあると思っていたが、恐らくは剣術スキルを応用しているのだろう。武器スキルを、対応する武器以外で応用するのはかなり難易度が高いはずだが、それを難なく実行していることからも彼女の実力が窺《うかが》える」

そんな風にトモヤとリーネが話しているのが聞こえたのが、メルリィが近付いてくる。

「さすがトモヤお義兄さまとリーネさまですね。確かにマーレお姉さまは弓術スキルや魔法スキルを用いた遠距離戦だけでなく、剣術スキルを用いた接近戦も得意としています。普段は風魔法で生み出した刃を弓に纏《まと》った状態で振るうのですが、今日は模擬戦ということもありそれは控えているようです」

「なるほど、そういうことか」

リーネは感心したように頷く。自分の発想にはないスキルの使用方法に深く興味を抱いたみたいだ。

と、そんな風に話している間にも二人の戦いは進展していた。

「どうしたの、シア！　防戦一方のまま終わるつもり⁉」

接近戦に活路を見出したのか、シア目掛けて弓を振るい続けるマーレ。

途中までは軽やかに躱し続けていたシアだったが、マーレの巧みな連撃によって徐々に体勢を崩されていく。

「ッ⁉」

そしてとうとう、均衡は崩れ去る。

マーレの一撃を後ろに飛び退いて躱《かわ》したシアだったが、着地に失敗したのだ。

その場に膝をついたシアの、弓を手にしていない右手側は隙だらけになっている。

「これでおしまいよ！」

その隙を逃すわけなく、マーレは弓を振るった。

このタイミングでの回避は不可能。マーレの勝利が決まる。

そう誰もが思った瞬間――シアは小さく笑った。

「狙い通り——空間飛射」

ガンッ！　と、硬い物体がぶつかり合う音が響く。

それはマーレの弓がシアに直撃した音——ではなかった。

いつの間にかシアの〝左手から右手に〟に握り直されていた弓が、マーレの弓を弾き飛ばした音だった。

今、目の前で何が起きたのか、トモヤは素早く理解する。

「なるほど、考えたな」

シアの持つミューテーションスキル、空間飛射の特性を思い出す。

空間飛射——ミューテーションスキル。特定の物質を転移させ、指定した座標を直接射抜く。

ここで重要なのは、シアが転移させられる特定の物質というのは決して矢だけではないということだ。

その盲点をつき、シアは弓そのものを転移させた。彼女の左手から右手に。

そして、隙だらけの胴体に攻撃を仕掛けていたつもりのマーレの油断を狙い、弓を弾き飛ばしたというわけだ。

「まさか空間飛射をそう使うなんて驚いたわ！　トラウマを乗り越えたって言うのも本当みたいね！　だけど！」

武器を失い、圧倒的に不利になるマーレ。しかしそこで彼女が諦めることはなかった。

これ以上の接近戦は分が悪いと見たのか、素早く後方に引いていく。

しかもただ退くだけではなく、その間にも両手に魔力を集めていた。

何か強力な魔法の準備をしているようだ。

「貴女のミューテーションスキルの真価はそんなものじゃないはず。全力でかかってきなさい、シア！」

マーレはシアの空間飛射に対して、真正面から立ち向かうつもりのようだった。

強い意志が込められた目からは、それに対抗できるだけの考えがあると分かる。

そんな相手を前にして、シアは落ち着いていた。

ゆっくりと弓を構えて、マーレを見据える。

「いくよ——お姉ちゃん」

本来なら矢を握っているはずの右手に集っていく、莫大な魔力。

どこまでも、どこまでも、際限なく膨れ上がっていく。

「その魔力量、確かに直撃したらと思えば恐ろしいわ――だけど」

対するマーレもまた、両手に集っていた大量の魔力を体全体に纏わせていく。

「空間飛射は、発動から目標座標を射抜くまで極僅かなロスが存在する。全神経を投入して集中すれば、躱すことは可能よ」

「その想定を、私は覆す」

そして訪れる無音の世界。両者は声を発することなく、間もなく訪れる最後の攻防に備える。そんな二人の間に吹く、とても弱々しい微風。

それが開戦の火ぶたを切った。

「はあっ！」

黄緑色の魔力を纏ったマーレが力強く地面を蹴り、シアに迫る。まるで彼女そのものが風になったかのようだった。

だけど、シアはそれさえも見越していたかのように静かに口を開く。

「兆越秘射《ちょうえつひしゃ》」

「っ、これは――」

マーレは驚愕に目を見開いた。

それは彼女の想像を遥かに上回る攻撃だったのだろう。

今回はシアの魔力のみで発動したためか、ルーラースライムを相手にした時よりも遥かに量は少ない。

だが、それでも千を遥かに上回る大量の魔矢がマーレ目掛けて放たれた。

コンマ一秒の間もなく自分の周囲を埋めつくすように放たれる千の矢。

これはもう、分かっていても避けられない。

自分の敗北が迫る中でマーレが浮かべたのは、嬉しさに耐えきれないとばかりの笑顔だった。


――全ての矢が放たれた後、マーレはその場で仰向《あおむ》けになっていた。


「……ああ、私の負けね」

結局、マーレはシアの兆越秘射を、全力を尽くしても躱しきることはできなかった。

千のうち、百を超える魔矢を浴びたマーレは、ダメージがないにもかかわらずその場で横になってそう告げた。

シアはゆっくりと、そんな彼女のそばに歩みを進める。

マーレは顔だけを動かし、そんなシアを見る。

「強くなったわね、シア」

「……お姉ちゃん」

シアとマーレの目が合う。

言葉はないが、二人の間だけで通じる何かがあるのだろう。

そのまま無言の時間が数秒続き、

「仕方ないわね。世界樹の守り人に戻るわ」

「っ、いいの？」

「ええ、約束だからね。それに、もともとそうするつもりでもあったしね。シアが旅立つっていうのは想定外だったけど……よっと」

マーレは勢いよく立ち上がると、トモヤ達の方に歩いてくる。

「トモヤにリーネ、それからルナリア。私の妹のことをお願いね」

そして深く頭を下げた。

マーレの立派な姉としての姿に、トモヤ達も真剣に応じなければと思った。

「はい。この選択を、絶対に後悔はさせません」

「ああ、きっと楽しいことがたくさん待っているはずだ」

「おっけー、だよっ！　えへへっ」

マーレは頭を上げて、シアを見る。

「いい仲間を持ったわね、シア」

「……うん。ありがとう、お姉ちゃん。それからメルリィも」

「えっ？　私もですか？」

「この三年間、私を誰よりも支えてくれたのはメルリィだから。メルリィがいなければ、私が立ち直ることはなかった。だからありがとう」

「……ぐすっ、もう、シアお姉さまったら、そんなことを言われたら泣いちゃいます」

両手で目を押さえるメルリィの体を、シアはぎゅっと抱きしめる。

メルリィが泣き止んだ頃、シアはトモヤ達三人に向けて言った。

「トモヤ、リーネ、ルナ。改めて、これからよろしく」

それに対するトモヤ達の回答は当然、

「ああ」

「うむ」

「おー！」

かくして、様々な問題を乗り越えて、シアがトモヤ達の旅についてくることになった。

◇◆◇

シアがマーレを説得してから五日が経とうとしていた。

あれから四人で話し合った結果、これからの旅の方針としてまず東大陸に戻ることになった。

というのにも、理由がある。

北大陸《アルスナ》から物理的に行ける距離にあるのは東大陸を除き、西大陸《ドラグナ》と中央大陸《フランリッデ》の二大陸。しかし西大陸は他大陸との交流を一切断っており、中央大陸については人族と敵対している魔族が暮らす大陸であるため行くのは望ましくないだろうということになった。

そんなこんなで、トモヤ達は次の目的地を東大陸とした。

諸々の準備を終え出発を明日に控えた今日、トモヤは一人で世界樹の森を歩いていた。

少し、一人だけで考えたいことがあったのだ。

色んな人の力を借りて、こうしてシアが自分達の旅についてくることになった。

それはとても喜ばしいことだ。トモヤも心から嬉しく思っている。

けれどそれと同時に、一つだけ心配事が生じてしまうのも確かだった。

「さて、どうするか」

トモヤは自分が今置かれた状況を確かめるために、数日前のことを思い出すのだった。

◇◆◇

「私を、貴方達の旅に連れて行って――トモヤ」

世界樹の天辺付近。

頬に触れた柔らかな〝それ〟に戸惑うトモヤに対して、シアは満面の笑みを浮かべながらそう告げた。

そして――

「そして、結婚しよう」

「ごほっ！」

続けて出てきた言葉に、思わずむせ返ってしまう。

それほどまでにとんでもないことを、たった今シアは告げたのだ。

頭に熱がのぼり、思考がうまく働かない。

しかしそうしている間にも、シアは目を輝かせながら、今か今かと答えを待ち構えていた。

ひとまずは、シアがどれだけ本気なのかを確かめなければならない。

「シア、お前はそれを本気で言ってるのか？」

「うん、もちろん。だって私は、トモヤのことが好きだから」

「ッ、そ、そうか」

彼女は真剣な表情のまま、僅かに頬《ほほ》を赤く染めてトモヤのことを好きだと言った。

ああ、さすがにもう完全に理解できてしまった。

彼女の言葉が心からのものだということが。

（落ち着け。落ち着け、俺）

トモヤは自身にそう言い聞かせる。

今はシアの気持ち以外にも訊いておかなければならないことが幾つもあるからだ。

まるで話を先送りにするみたいで申し訳なく思う。

だが、心を落ち着かせる時間も少しは欲しい。

少々強引にはなるものの、トモヤは話題を変えることにした。

「……それでだな、シア。旅に連れていってほしいって願いだが、それに関しては俺から反対はない。ていうか実は、俺からもそう誘おうと思っていた」

「本当？」

「ああ。きっとリーネやルナも賛同してくれると思うから、その辺りについては心配いらない。ただ俺が訊きたいのは、シアがいなくなったら世界樹の守り人の役目はどうなるんだ？」

「恐らく、他の人に引き継がれる。これまで何か事情があって守り人が替わるとき、いつもそうだった。ただ今の守り人筆頭は私だから、色々と問題が多い。いつもより引き継ぎには時間がかかるかもしれない」

「…………」

どこか覚悟を決めた様子のシアを見て、トモヤはふと思い出す。

以前にシアから聞いた話によると、彼女は無理を言って守り人の役目を一身に引き受けたのだという。それを今になって放棄するというのだから、周囲から心無い言葉を投げかけられるかもしれない。

「けど、きっと大丈夫だから」

「……そうか」

だけど、シアの澄んだ、それでいて深みのある蒼《あお》の双眸《そうぼう》が真《ま》っ直《す》ぐトモヤを見据える。その瞳を見て、トモヤもゆっくりと頷いた。今のシアならそれらの問題も解決できるだろうと。

ひとまず世界樹の守り人関係の話を終えたところで、次の話に移る。

まだ完全に心の準備ができたわけではないが、こうなっては仕方ない。覚悟を決めろ！

「それでだな、シア。その、結婚がどうのこうのって話についてなんだが」

「うん」

自分でその話題を切り出しておきながら、トモヤは気まずさを感じシアから視線を逸らしてしまう。

お付き合いを通り越していきなり結婚とかちょっと何を言ってるのかよく分からないが、シアのような美少女から好意を向けられること、それ自体は大変喜ばしいことだ。

けれど――

異世界に来てから、トモヤは恋愛関係の事柄を意識することはほとんどなかった。

異世界にやって来た当初から様々な出来事が怒涛《どとう》のように押し寄せてきたのに加え、リーネやルナリアと共に旅をするだけで十分以上の満足感があったことも関係する。

だけど今、改めてトモヤにとってそういう感情を抱く対象が誰かなのかを考えるとするなら。それはきっとこの世界で最も長い時間を共に過ごし、信頼関係を築き上げてきた彼女であり――

「トモヤ？」

――思考の海に沈みかけたトモヤを引き上げたのは、他ならぬシアの声だった。

……答えは、まだ出ていない。

それでも今は、しっかりと彼女に向き合わなければならない時だと思った。

だから、嘘偽りのないことを証明するように、真剣な眼差しを彼女に向ける。

そして、ようやくトモヤが覚悟を決めて口を開こうとした瞬間、

「トモヤは、リーネが好きなの？」

「ッ⁉」

何故かそれよりも一瞬早く、シアが言った。

「お、お前、いきなり何言ってっ」

「いきなりじゃない。そうなんじゃないかと、ずっと思ってた」

「……シア」

シアは俺の視線から逃れるように顔を下に向けた。

自分が好意を抱いている相手が、他の人を好きかもしれないということが、どれほどの不安を生み出すかはトモヤにも想像できた。

そんな彼女のためにも、今自分が思っていることを真正面から、真摯《しんし》に伝えなければならないと思った。

だからこそ、次にシアの口から出た言葉を、瞬時に理解することができなかった。

「トモヤがリーネのことを一番好きでも大丈夫」

「ん？」

「私は、二番目でもいい」

「……ん？」

言っている意味が分からないと首を傾げると、なぜかシアは両手を胸の前でぐっと握り締めて言った。

「だから、リーネが本妻で、私がその次の奥さんになるのでも、構わない」

「ああ、なるほどな――マテ」

「？　ルナが二人目で、私が三人目？」

「マッテクレ」

手を翳《かざ》し、シアの言葉を止める。今、彼女はとんでもないことを言った。

「おい、それってつまり重婚ってことか？　そんなことが許されるわけ――」

「？　どうして、許されないの？　トモヤは、そういった宗教の人？」

「――へ？」

重婚、それは日本育ちのトモヤからすれば、禁止されているのが当然の事柄だ。

けれどシアの反応は、トモヤの予想とは異なるものだった。まるで、この世界で重婚は普通に許されているかのような……この世界？

「なあシア、変なことを聞くようだけど、この世界じゃ重婚って禁止されてないのか？」

「もちろん。複数の人と結婚している人は、割合的にはそう多くはない。けど世界中のどこにでも、いることはいるはず」

「……そうだったのか」

トモヤがこれまで旅をしてきた中で、そういった人達と出会うことはなかった。

シンシアの両親も、アンリの両親も、シアの両親も、もちろん重婚はしていなかった。

しかし思い返してみれば、そもそも一人の王が国を治める君主制国家などが数多く存在するのがこの世界だ。

当然、彼らには妾《めかけ》などが必要になるであろうし、重婚を禁止することによって生じる問題の方が大きいはずだ。

「……視野が狭かったのかな」

旅の中でトモヤが優先するべきは、リーネやルナリアと共に過ごす時間であった。

さらに一つの国や町に滞在する時間もそう長くはなかったため、現地の人と親身になる時間もそこまで多くは取れなかった。

それ故、知ることのなかった事実なのだろう。

何はともあれ、この世界では重婚が禁止されていないのは分かった。シアの主張が現実的であることも理解した。だが、だからといってすぐに頷けるかどうかと訊かれれば、その答えは否だ。

確かにシアのことを好きか嫌いかで問われれば、迷わず好きだと答えることはできる。けれど、その先に進むためには幾つかの問題がある。

その一つはトモヤ自身の常識、倫理観による問題だ。この世界の在り方を知ったところで、それがすぐさまトモヤの考え方に影響を及ぼす訳ではない。

そして、もう一つの理由とは――

「シア」

「っ、はい」

呼びかけると、シアは彼女にしては珍しく、緊張しているのが分かる上擦《うわず》った声で返してきた。

「少しだけ、待ってくれないか」

「……え？」

「シアの気持ちは分かった。俺のことを好いてくれていること、本当に嬉しいと思う。けれど突然のことで、自分の中でもまだ答えが出ていないってのが正直なところなんだ。だから頼む、少しだけ、答えを待ってくれないか？」

「…………」

それは、ひどく残酷な申し出だったのかもしれない。告白し、その答えを待つ間に感じる不安や恐怖が多大なものであることはトモヤにも想像がつく。

ただ、たとえそうだとしても、互いに悔いの残らない答えを出すためには、そうするのが一番良いと判断した。

シアは視線を下ろしたまま無言を保つ。緊張の時間が流れるが、トモヤが彼女から目を逸らすことは許されない。ただじっと、彼女の返事を待つ。

「……よかった」

「えっ？」

すると、予想もしていなかった言葉が彼女から零《こぼ》れた。

「本当は、すぐに断られるんじゃないかって思ってた。だけど、トモヤは真剣に答えを考えてくれるって言った。だから、よかった」

「……シア」

普段は無表情な彼女からは想像できない程の不安げな表情のまま、そう紡いでいく。

だからトモヤもそんなシアを見て、きっと答えを出す時は彼女の想《おも》いに応《こた》えられるようにと、心の片隅で小さく呟く。

「っ、シア！」

不意に、シアの足がよろけた。反射的にトモヤは両腕を広げ、華奢《きゃしゃ》な彼女の体を受け止める。すると、なんとシアはそのまま自分の両腕をトモヤの体に回す。

適度に柔らかい胸が力強く押し付けられた。

「シアさん？」

「ふふふ、騙《だま》された。今のはわざと」

「何だと？」

「答えを出すまでに時間がいることは分かった。ただその間、何もしないとは言ってないから」

シアは顔を上げると、至近距離から満面の笑みを見せてくる。

少しだけ恥ずかしそうでいながら、それ以上の幸せが詰まった笑みだった。

「私は精一杯、トモヤに好きになってもらえるよう努力するだけ。だからトモヤも、覚悟してね」

そして彼女は、力強くそう告げるのだった。

◇◆◇

「ふー」

数日前の出来事を思い出したトモヤは、一度深く息を吐く。

あの出来事以来、シアと関わる際にはいつも通りを心掛けているが、やっぱり心のどこかで意識してしまうのだ。

一日や二日で答えが出る問題ではないとはいえ、このままではいけない。

気持ちを切り替えて、新しい関係性を築いていくべきだ。

「そうだ、そうするしかない」

覚悟を決めて、皆の元へ戻ろうと思った——次の瞬間だった。

「ああ、ようやく——見つけました」

凛と響き渡る、この世のものとは思えない耽美的《たんびてき》な声が、トモヤの鼓膜を震わせた。

トモヤは反射的に振り返ると、そこにいた女性――否、存在を見て目を見開く。

天から差す陽光を受け輝く美しい青色の髪は膝下まで伸ばされており、身に纏う水色の羽衣も相まって、非常に神秘的なオーラを醸し出していた。

こちらを射抜く、全てを見通すような鋭い青色の双眸《そうぼう》からは人間離れした異質な何かを感じる。

かつてトモヤが出会ってきたフィーネスやルーラースライムなどの強者とは異なる別格の存在であるということが直感的に分かる。

純粋なステータス、もとい戦闘力ではトモヤが上回っていることだろう。

しかしそれだけでは安心できない、トモヤでは理解できない何かが彼女の中にあった。

一見、こちらに敵対する意思はないように見えるものの、油断はできない。

トモヤはこの存在の素性を暴くべく、鑑定Ｌｖ∞を発動する。

しかし――

ウンディーネ　[redacted]
[redacted]――

エラー。名称以外鑑定不能

「これはいったい……」

そこに書かれていたのは、なんと鑑定不能の文字だった。

その存在について分かったのは、ウンディーネという名称のみ。

Ｌｖ∞の鑑定でもそれだけしか分からなかった事実に、トモヤは彼女が自分の理解を超える存在であると確証を抱いた。

会話を試みるべきか、逃走を図るべきか、それとも……応戦に備えるべきか。

次に取るべき行動を高速で考えていく。

その途中で、ウンディーネは再び口を開いた。

「その反応、どうやら私に鑑定を試みたようですね。安心してください、私に敵対の意思はありません」

「……証拠《しょうこ》は？」

「それを求められてしまうと少し難しいのですが……そうですね、では」

ウンディーネはそう言うと、近くに生えている木々に手を伸ばす。

いったい何を……そう思った次の瞬間、彼女の手は木の中に埋まっていった。

「このように、今の私はあくまで分体です。こちらの世界に物理的な干渉を与えることはできません。これでご理解いただけると助かるのですが」

「……もう一つだけ聞かせてくれ。今のお前が分体だっていうのなら、本体はどこにいるんだ？」

「そちらは神界にいます。貴方さまにもう少し分かりやすく伝えるならば、主神エルトラさまが暮らす場所、と表現するべきでしょうか」

「主神エルトラ……⁉」

その名前にはトモヤも覚えがあった。否、忘れるはずがない。

この世界を統べる主神にして、トモヤ達に絶大な力――ステータスを与えた存在。

その関係者に、まさかこんなところで出会えるとは思っていなかった。

いや、待て。まだ分かっているのは彼女がエルトラと同じ神界に暮らしているということだけ、実際にはあまり関わりがない可能性もある。

そこをまず確かめておきたい。

「お前とエルトラの関係性を聞いてもいいか？」

「はい。私はエルトラさまの直属の配下である四大精霊が一柱、水の精霊ウンディーネです。エルトラさまに最も近しい存在であると自負しています。今回につきましても、エルトラさまの命令に応じ馳《は》せ参じました」

「なるほど」

まさかの大物のようだ。これはありがたい。

「何か訊きたいことがおありの様ですね」

「……そりゃまあ、山ほどと」

「あまり悠長と話していられる時間はないのですが、仕方ありません。幾つかだけ、私にお答えできる範囲内でも構わないのでしたら質問をどうぞ」

改めてそう言われてしまうと、何を尋ねるべきか悩む。

頭の中で考えをまとめてから、トモヤは確認を込めて一つ目の質問を投げかける。

「まず、俺が異世界の人間であることは把握しているんだよな？」

「はい、中央大陸に君臨する魔王の脅威を退けるため、東大陸のフレアロード王国に召喚《しょうかん》されたと把握しています」

「なら訊きたい。そこに主神エルトドラは関わっているのか？」

「と、仰《おっしゃ》いますと？」

「俺達のステータスはエルトラから与えられたと聞いた。俺にしても他の奴らにしても、この世界の平均を大きく上回る数値だって話だった。確かにこれで人族は魔王に対抗する力を得たんだろうが、そこで疑問に思った。世界の主神ともあろう存在が、一陣営にのみ力を貸すことが許されているのか？」

「質問の意図が理解できました。では、お答えしましょう」

少し間を置き、ウンディーネは語り始める。

「結論だけを申し上げると、エルトラさまはトモヤさま達の召喚自体には関わっていません。それはフレアロード王国の方々が自分達で行ったものだと回答いたします」

「召喚自体には……か。てことは、俺達に与えられたステータスを決めたのはエルトラなのか？　魔王を倒すために？」

「半分は正しく、半分は間違っています。確かにエルトラさまは常人離れしたステータスを与えました。しかしそれは、決して人族が魔王を倒すためではありません」

「なんだと？」

だったら何を目的としているのか。

言外にそのような意図が込められた言葉に対し、ウンディーネは、

「申し訳ありませんが、それ以上を今この場でお答えすることは許されておりません。ですが一つだけ言えることがあるとすれば、トモヤさま達に強大なステータスが与えられたことには大きな理由があります。それを常々お忘れなきようお願い申し上げます」

「……はあ、分かったよ」

ここまでの会話から、ウンディーネは一度発言した内容を覆すような存在ではないということは分かっていた。

これ以上は答えられないと言うのなら、トモヤがどれだけ懇願しても答えることはないだろう。

情報量は少ないとはいえ、ほとんど棚からぼたもち状態で、トモヤに与えられた規格外のステータスについての情報を得られただけでも喜ぶべきだろう。

主神エルトラが何を思ってこのような情報を伝えたかったのかは不明だが、トモヤの持つステータスには意味がある。それが分かっただけでも万々歳だ。

「情報はありがたく受け取っておく。で、これで話は終わりか？」

「いいえ、本題はここからです」

ここまではトモヤの質問に答えてもらっていただけなので予想はできていたが、ウンディーネにはまだ用件があるようだった。

身構えるトモヤに向けて、ウンディーネは告げる。

「我が主、エルトラさまより一つ、トモヤさまに伝言を託されております」

「伝言？」

「はい、それを今からお伝えいたします」

ここでウンディーネが小さく息を吐く。

伝言を告げる前に心を落ち着けている様にも見え、否が応にも緊張感がトモヤに伝わる。

緊迫した空気の中――彼女は告げる。

「『間もなく、君には転機が訪れる。その時君が選ぶのは過去か未来か。どうか悔いのない選択を、ボクは願っている』――エルトラさまからの伝言は以上となります」

「……は？」

トモヤは首を傾げる。

今後の方針を決めるような重大な情報ではないかと予想していたところに告げられたのは、要領を得ない忠告じみた何か。

これだけではとても受け止めようがない。

「伝言はそれだけなのか？」

「はい」

「意味がよく分からないんだが」

「申し訳ありません。私は伝言を頼まれただけですので、そこに含まれる意味までは存じえません。ただトモヤさまならば、来るべき時が来れば必ずこの意味が分かるはずだと、エルトラさまは仰っておりました」

「来るべき時……」

それがいったい何を指しているのか、今のトモヤには分からなかった。

そもそも伝言の意味さえ定かではないのだ。

転機、過去、未来、選択。一つ一つの単語の意味は理解できても、文章としては脳が受け付けない。

それでも一つだけ、強引にでも思い当たることがあるとするならば——

ズキンッ。

「くっ」

——何かが脳裏を過《よぎ》りかけた瞬間、頭に鈍痛が走る。

いま何を考えていたのか忘れてしまった。

「トモヤさま」

不可解な感覚の中から救ってくれたのは、ウンディーネの涼やかな声だった。

「私から貴方さまにお伝えできることは以上となります。それでは、どうかご武運をお祈りいたします」

「待っ——」

それを最後に、ウンディーネの体がその場で薄れていく。

完全に透明になり見えなくなるまで一瞬だった。

「なんだったんだ、いったい」

彼女が何を目的としてやってきたのか、正直まだ分からない。

それでもこの出会いを忘れてはいけないということだけは、直感で理解していた。

◇◆◇

翌日早朝。旅立ちの朝。

セルバヒューレから立ち去るトモヤ、シア、リーネ、ルナリアを見送るために、エトランジュ家の皆が来てくれていた。

「シア、楽しくやってこい」

「いつでも帰ってきていいんだからね」

「ありがとう。お父さん、お母さん」

シアは両親と抱擁し、別れの挨拶《あいさつ》を交わしている。

その間にメルリィがトモヤ達の前に立った。

「トモヤお義兄さま、リーネさま、ルナリアさま。どうかお姉さまをよろしくお願いいたします。そしてまた、お会いできる日を楽しみにしていますね」

「ああ、必ずまた、シアと一緒に会いにくるよ」

「私もその時を楽しみにしてる」

「ぜったいまた会おうね、メルリィ！」

そうこうしているうちにも、シアはマーレと話していた。

「怪我だけはしないように気を付けるのよ」

「……分かった」

「ならよし。世界の色んなことを見て学んできなさい！」

バシッ、と。マーレはシアの背中を叩く。

そして、シアは最後にメルリィのもとに行く。

「じゃあ、行ってくる」

「はい、行ってらっしゃいませ！」

そう告げる二人は、別れの時とは思えないような笑顔を浮かべていた。

それもそのはず。だってこれは悲しい別れなんかじゃない。

新たな可能性に挑戦するための別れなのだから。

「じゃあ、行くか」

「ああ」

「うん」

「あー！」

この町で出会った人々と過ごした日々に想いを馳せながら、トモヤ達はセルバヒューレを出発した。

第二章　活気ある平穏

「ご飯にします？　お風呂にします？　それともあたしにするっすか⁉」

「さようなら」

「冗談っす！　冗談っすから！　出会って早々そんなマジトーンで帰ろうとしないでください トモヤさん！」

「出会い頭から意味不明なこと言ってきたのお前だからな⁉」

「あいたっ！」

目の前にいる少女に盛大にツッコミを入れた後で、トモヤはため息を吐いた。

今いる場所はドワーフの国フルドガルサの中で最大の都市、ファベルトニクだ。そして目の前にいる、レザー製の衣装に身を包んだ、首元まで伸ばした琥珀《こはく》色の髪が特徴的な可愛らしい少女はドワーフ族のフラーゼである。

もともとトモヤ達が北大陸にやってきた目的は、フラーゼにリーネの新しい剣を打ってもらうためだった。そして東大陸に戻る途中に完成された剣を取りに来たのである。

そんなトモヤ達を待ち受けていたのが、先ほどのセリフだったわけだ。

軽く小突いただけなので大した痛みはないはずの頭を押さえながら縮こまるフラーゼを見て、トモヤはもう一度深くため息を吐いた。

「ちょっとトモヤさん！　なんでもう一回ため息を吐くんすか！」

「自分の胸に聞いてくれ」

「えっ、む、胸って。と、トモヤさんはあたしの体目当てだったんすか⁉　……さ、最初は優しくしてほしいっす」

「話が通じない……だと？」

混沌《こんとん》としかけた場を救ってくれたのは、頼もしい相棒だった。

「こら、二人とも。ルナの前だぞ、そういう話は控えてもらおう」

「待ってくれリーネ、俺は悪くない」

「いや、フラーゼをあんな風にした君も連帯責任だ」

「理不尽だ……」

肩を落としていると、くいくいと袖を引っ張られる。振り向くとそこにはルナリアがいた。どうやらトモヤだけでなくリーネの袖も引っ張っているようだ。

そんなルナリアはきょとんと小首を傾げ、疑問を口にする。

「トモヤ、リーネ、わたしについて、なにかいった？」

「「いや、言ってない！」」

「……ふえっ？」

完璧な連携プレーだった。

仕方ない。なぜルナリアの名前を出したのかを説明するわけにはいかないのだから。

そんな風に話をしていると、遅れてシアも工房に入ってくる。そしてシアとフラーゼの視線がぶつかる。フラーゼは驚いた様子だった。

「シアさん？　なんでここにシアさんがいるんすか？」

「私も、トモヤと一緒に旅をすることになった」

「え……」

その後、少しだけ間を空けて。

「えええぇぇぇぇぇ！」

フラーゼの叫び声が、工房いっぱいに響き渡った。

それから少し時間をかけて、セルバヒューレでの経緯をフラーゼに説明した。

ルーラースライムの襲撃など、他に気になる部分はあっただろうが、フラーゼがもっとも注目したのはなぜかトモヤとシアの関係だった。

「う。ううぅ、少し見ない間にトモヤさんったらまた別の女を口説《くど》いて！　こんなのひどいっすよ！」

「待て、人聞きが悪いぞ」

今話したのは、ルーラースライムを討伐したこと、シアがトラウマを乗り越えたこと、その過程でトモヤ達と旅がしたいと思ったこと、などなどだ。

決して批判されるような内容ではなかったはず。

……まあ、シアの自分に対する気持ちを知っているトモヤとしては、フラーゼの発言をそう強く否定できないことも確かなのだが。

また話が不思議な方向にいきそうになっているのを止めたのはリーネだった。

「ごほん、その話は今はいいだろう。それよりフラーゼ、頼んでいた剣は出来ているだろうか？」

「もちろんっす！　今持ってきます！」

シアが剣を取りに行くのを待つ間に、シアがぽつりと一言。

「……まさかリーネとルナだけでなく、フラーゼまで既に手籠《てご》めにされていたとは。油断はできない」

「シアさん？」

シアが何を言っているのか分からない。

本当の本当だ。決して今その話を蒸し返すのは藪《やぶ》をついて蛇を出すようなものだと思ったから何も言わなかったわけではない。

心の中でどこの誰かも分からない相手に言い訳していると、横からすっと小さな手が伸びてくる。その手にはカップが握られていた。

「はい、トモヤ！　お茶どうぞ！」

「ルナ……ありがとう」

「どういたしまして！　えへへっ」

荒《すさ》んだ心に、温かいお茶が染み渡る。

ルナリアの可愛らしい満面の笑みも合わせれば、その効果は絶大。

仮にこの世に万病を癒す薬があるとするならば、この一杯だと確信を持って言える！

「トモヤ、急に拳を突き上げてどうしたんだ？」

「……いや、何でもない」

「？　そうか、ならいいが」

しまったしまった。思わず衝動のままに体を動かしてしまっていたようだ。

これは気をつけなければ。と、そんなことをしている間に剣を手にしたフラーゼがやってくる。

「こちらがリーネさんの剣っす。どうぞ試してみてください」

「ああ、ありがとうフラーゼ」

リーネは剣を握ると、その場で静かに構える。

剣を見るに、形は以前のものとほとんど同様のようだった。

しかし、一つだけ明らかに異なる点がある。

それは刀身の色。以前は赤だったのに対し、今回は銀色だった。

「はぁっ！」

リーネは何度も素振りを行う。

一振りするごとに深紅の長髪が靡く姿はとても美しく、まるで剣舞にさえ見えた。

その後も素振りを繰り返すこと数分、リーネは満足気な表情で剣を鞘《さや》に戻す。

「うん、素晴らしいな。初めて握ったとは思えないほど手に馴染《なじ》んでいる。ありがとうフラーゼ、期待以上の出来だ」

「リーネさんにそう言っていただけたならこちらとしても創った甲斐《かい》があるっす！　でも、その剣の凄いところはそれだけじゃないんすよ！」

「む？」

フラーゼは自信満々に、リーネの剣の優れた点をアピールする。

「作成を依頼された時にもお伝えした通りなんすけど、この剣には魔力を吸収する性質を持つレッドドラゴンの牙と、魔力を何倍にも増幅させて放つマタシウト鉱石を素材として使用しています。そのおかげで通常の何倍もの効率で魔力を吸収し放出する剣が仕上がったっす。で、本題はここからです」

全員の注目を受ける中、フラーゼは続ける。

「剣には既に魔力を吸収し放出するという性質が付与されてるんすが……なんというか、まだ完全には馴染んでいないというのが現状なんです。この剣の真価を発揮するためには長い時間をかけて使用し魔力を馴染ませていく必要があるっすね」

「なるほど。つまりは不完全であると同時に、成長し続ける剣でもあるということか」

「その通りっす！　正直、この剣がどれほどの業物《わざもの》になるかは創ったあたしにも分からないっす。現時点でもかなりの出来っすからね。リーネさんにはどうか、この剣の行く末を見届けてほしいと思います」

「ああ、任せてくれ。それから改めて礼を。素晴らしい剣を作ってくれてありがとう、フラーゼ」

「どういたしましてっす！」

満足気に笑い合うリーネとフラーゼを見て、無事に二人のやりとりが終わったことに、トモヤはほっと胸を撫で下ろすのだった。

そこからは、当たり障《さわ》りのない日常的な会話が続いた。

シアとフラーゼは数年ぶりに再会したということで積もる話があるのか、二人にしか分からない話題で盛り上がっていた。

そんな感じで過ごしていると、時間はあっという間に過ぎ去っていく。

そしてフラーゼと別れる時間になった。

「むぅ、もうそんな時間っすか。楽しい時間は一瞬っすね」

「ああ。次に来るときは、もっと面白い話を集めてくるよ」

「本当っすよ？　楽しみにしてるっす！」

最後に握手を交わした後、トモヤ達はフラーゼと別れた。

そしてその翌日、トモヤ達は東大陸を目指してファベルトニクを出発した。

◇◆◇

「ついたー」

「たー！」

今回は特に問題が起きることなくアトラレル海を超え、東大陸のユミリアンテ公国・ノースポートに辿《たど》り着いた。

喜びを体で表すようにして、トモヤは両手を高く上げた。

隣にいるルナリアも、そんなトモヤに合わせて両手を上げている。腕よりも長い袖先が余って、ぶらんぶらんと揺れる姿がなんとも可愛らしい。

「まったく、君たちは相変わらずだな」

「なるほど、目的地についたらそんなリアクションをとるのが人族の流儀。シア覚えた」

「ふむ、シアはシアでもう少し落ち着きを……いや、初めて別の大陸にやってきたんだ。はしゃいでしまうのも仕方ないか」

リーネ達はリーネ達で、何やら楽しそうな会話を交わしている。

それを横目に眺めながら、トモヤがそっとルナリアの手を握ろうとすると――

「っ！　えい！」

「っと」

それよりも早く、ルナリアがトモヤの腕に抱きついてくる。

ぎゅーっと体を寄せたルナリアは、とても嬉しそうな表情を浮かべていた。

「どうしたんだ、ルナ？」

「えっとね、なんとなく、こうしたいと思って！　……トモヤ、いやだった？」

「そんなわけないだろ。よし、このまま行くか」

「うんっ！」

改めて四人で、今後の方針を決めることにする。

「とりあえず今後どこに行くにせよ、まずはここに数日は滞在しようと思うんだが、皆はどう思う？」

「私もトモヤの意見に賛成だ。船旅の疲れは残したくない。それにシアにとってはここが初めて足を踏み入れる東大陸の町だ。色々と見て回りたいだろう」

「そうなの、シア？　だったら、わたしが色々おしえてあげるね！」

「ありがとう、ルナ。じゃあさっそく……」

意外だが、シアは東大陸に来たらまずしたいことがあったらしい。

どんな望みを口にするのかと身構えるトモヤの前で、彼女は告げた。

「……最高の肉料理を出す店を教えてほしい」

ずるっと、思わずトモヤはその場で転びそうになった。

そんなトモヤの横で、リーネが呆《あき》れた声を出す。

「シア、君はそれでいいのか」

「もちろん。それが今の私の一番の望み。常日頃から肉を食べている人族が満足できるような料理を、私は欲する……！」

嘘偽りなく、真剣な表情を浮かべるシアを見てトモヤも考えを改める。

それがシアの真剣な気持ちだというならば、こちらも真剣に答えなければならない。

だからこそトモヤは、心を鬼にして言った。

「残念だがシア、ここは海が近いこともあって海鮮系が有名なんだ。シアが期待しているような水準の肉料理を出す店はないかもしれないぞ」

「う……そ……」

どすんと、絶望の表情を浮かべたままシアはその場で両膝を地につける。

なんだろう、これまで見てきた中でも一番といっていい程の絶望顔だった。ブラストスライムを前にした時でも、もうちょっとマシだった気がする。

すると、トモヤの腕から離れたルナリアが、項垂《うなだ》れるシアのもとに行く。

「だいじょうぶだよ、シア！　きっとおいしいお店、みんなでさがしたら見つかるよ！」

「……天使」

「？　まぞくだよ？」

ルナリアの天使力によって浄化されたシアは、びしっと背筋を伸ばして立ち上がる。

「何をしているの、皆。早く行こう。すぐ行こう。美味しい料理が私たちを待っている」

「相変わらずやりたい放題だなお前は」

「うむ、暴走時のトモヤにそっくりだ」

「えっ」

そんなこんなでトモヤ達は町の景色なども楽しみながら歩き続け、シアの満足する肉料理を出す店で食事を済ませるのだった。

食事を終えたトモヤ達は、次にどこに行こうかと話し合う。

その行き先を決めたのは今回もシアだった。

「冒険者ギルドに行ってみたい」

曰く、トモヤ達の話を聞き強く関心を抱いたらしい。それに付け加えて、冒険者ギルドは東大陸にしか存在しないようで、以前から興味自体はあったのだとか。

シアの提案に、トモヤ達は迷うことなく頷いた。

トモヤ達は以前から旅の途中でギルドの依頼を受けたりする場面が多々あった。今後はそれにシアも加わることとなるだろう。そうなるとシアにもステータスカードが必要となるため、早めに作っておいた方が都合がいい。

そんなわけで、トモヤ達はさっそく冒険者ギルドに向かった。

道行く人に聞きながら辿り着いた冒険者ギルドの中に入ると、大きく受付所と酒場の二つに分かれていた。

「じゃあ、行ってくる」

冒険者登録を済ませるために、シアは一人で受付に並ぶ。

その様子を眺めている途中で、不意にリーネが告げた。

「そうだ、トモヤ。事前にシアのステータスを隠蔽《いんぺい》で書き換えておかなくてよかったのか？」

「……あっ」

うっかりしていた。

確かにトモヤ達はこれまで自分たちの常人離れしたステータスを隠すために、隠蔽を施したステータスをステータスカードに登録していた。

そのおかげで現在トモヤとリーネはBランク、ルナリアはCランク認定され、一緒のパーティを組んでいる。

ここにシアも加わるためには、パーティリーダーであるリーネのBランクの上下1ランク以内、つまりはC～Aランクに認定されなければならない。

トモヤは以前見たシアのステータスを思い出す。

「確かシアのステータスは平均30000程度だったはずだけど、このくらいならランクは何にあたるんだ？」

「ふむ、ステータスの数値だけを見るならばAランク上位といったところだろう。だが、シアには他の要素もあるからな」

「……！　ミューテーションスキルか！」

「ああ、それも考慮すれば、登録と同時にSランク認定されても決しておかしくない」

「だったらまずいな、シア――」

シアと同じパーティとして活動できないのは何かと面倒だ。

一度彼女を呼び戻そうかと考えるトモヤだったが、リーネが何かに気付いたように声を上げる。

「いや、待ってくれトモヤ。あれを見てくれ」

「ん？」

リーネが指差す先にいたのは、シアと同様に冒険者登録をしている男性だった。

男性は何やら透明の水晶玉に手を置き、受付嬢は水晶玉を真剣な目で見ながら手元の紙に何かを書き込んでいる。

「あれは何をやってるんだ？」

「鑑定水晶玉を使用してステータスを測っているのだろう。全てのギルドに鑑定のスキルを持った人間がいるわけではないからな。そういう時にはあのマジックアイテムを使って魔力ステータスを計測しランク認定の参考にするんだ。他のステータスの値やスキルまで鑑定することができないのが難点なのだが、今回に限っては都合がいい。これでシアがSランク認定されることはないだろう」

「そうか、それはよかった」

トモヤはほっと胸を撫で下ろす。これで面倒な目にあわずに済む。

――――ピリッ。

「っ、なんだ？」

その時、頭に電流が走ったかのような感覚がした。

何かを見落としているような気がするが、それが何であるのか分からない。

そんなことをしている間にも、受付所ではシアの番が回ってきていた。

「冒険者登録をお願い」

「かしこまりました。では、まずはこちらの鑑定水晶玉に魔力を注いでいただいてもよろしいでしょうか？　ランク認定の参考にしますので」

「分かった」

指示されるまま、手を鑑定水晶玉に乗せるシア。

その様子を見て、周囲の冒険者達がざわざわと賑わい始める。

「おい見てみろよ。エルフ族の子が冒険者登録してるぞ」

「今は鑑定水晶玉の時間か。エルフ族のステータスは優れていることが多いって聞くし、これは注目だな」

「おお、しかもめちゃくちゃ可愛いじゃねぇか。パーティに誘ってみるかな、へへっ」

亜人族の割合が比較的多いノースポートであってもエルフ族が珍しいことには変わらないらしく、シアが美貌の持ち主であることも関係してか非常に注目を受けていた。

ただ、彼らの感想の中には少し聞き逃せないものもあった。

苛立《いらだ》ちを緩和するように、トモヤはリーネに違う話題を振ることにする。

「そういえば、あの鑑定水晶玉には限界があったりしないのか？」

「確か魔力ステータスは10万までしか測定できないと聞いたことがある。もっとも、それだけの魔力の持ち主は聞いたことがないが……君を除いてな」

「そうか。なら大丈夫だな」

小さく笑いながらトモヤを見るリーネに対して、トモヤも微笑みながらそう返す。

さて、シアの魔力ステータスは約３５０００という他に類を見ない値だが、それでも10万には遠く及ばない。

異世界物の漫画などではこういった状況の時、主人公が水晶玉を破壊してしまうのが定番イベントだが、そうなる心配もないだろう。

トモヤが安堵した、次の瞬間だった。パリンッ！　という音がギルド全体に響き渡る。

もしやと思いシアを見ると、彼女の手元にある鑑定水晶玉は木っ端《こっぱ》みじんに砕け散っていた……これは、まさか。

ざわざわと、ギャラリーの賑わいが一気に増す。

「おい、鑑定水晶玉が壊れたぞ、どうなってんだ!?」

「Aランクの実力者でもあんなことは起きないって話なのに！」

「ってことはまさか、あのエルフの娘がSランク級だってことか!?」

ギャラリー全員が水晶玉を破壊したシアを見て驚愕の表情を浮かべる。

その中の何人か（特に女性冒険者）は驚愕するだけでなく、シアに尊敬の眼差しを向けていた。

……おかしい。何かがおかしい！

「普通、こういうイベントって（異世界人の）俺に起きるはずじゃ！」

「トモヤ、君はいったい何を言っているんだ？」

リーネから鋭いツッコミを入れられている間にも、向こうでは話が進んでいる。

「しょ、少々お待ちください！　ギルドマスターを呼んで参ります！」

受付嬢が処理しきれる範囲を超えてしまったのか、受付嬢はそう断った後、裏の職員スペースに引っ込んでいく。ギルドマスターということは、このギルドのトップを呼びに行ったのだろう。それだけでもかなりの事態であることが分かる。

周りの注目を受ける中、当のシアはというと何とも思っていないのか、落ち着いた状態のまま一度トモヤ達のもとに戻ってくる。

「お疲れ、シア。なんだか大変なことになったみたいだな」

「うん。どうやら私の才能が周りに知れ渡ってしまったらしい。大変大変」

違った。全然落ち着いてない、完全に鼻が高くなっていた。

発言内容自体は間違っていないのだが、少し物申したくなる態度だった。

「と、それは置いておいて。そもそもなんで今、鑑定水晶玉が破壊されたんだ？」

「私の才能が凄かったから？」

「そうだけど、そうじゃなくて。あれは魔力ステータス10万まではちゃんと測定できるらしいんだ。前、俺がシアのステータスを見た時はそんなになかっただろ？　だからおかしいと思ってな」

「なるほど、納得した。でも、理由は私にも分からない」

「……気になるな。悪いシア、今ここでお前に鑑定を使用してもいいか？　念のためステータスを確認しておきたい」

「構わない」

許可をもらえたところで、トモヤはシアに鑑定Ｌｖ∞を使用する。

そして、そこに書かれている結果に驚愕することになる。

シア・エトランジュ　16歳　女　レベル：72
職業：蒼射手
攻撃：106100　防御：97600　敏捷：112440
魔力：110700　魔攻：108200　魔防：98200
スキル：弓術Lv6・水魔法Lv6・風魔法Lv5・千里眼Lv5・隠蔽Lv5・空間飛射《くうかんひしゃ》

空間飛射――ミューテーションスキル。特定の物質を転移させ、指定した座標を直接射抜く。

「なっ……！」

そこに書かれている衝撃的な内容を見て、トモヤは言葉を失う。

以前見た時に比べて、ステータスの値が約三倍になっている。

あれからまだ一ヵ月弱しか経っていないというのに、何が起きたというのか――

「――まさか」

トモヤの頭の中に、一つの可能性が思い浮かぶ。その確証を得るためにも、トモヤは続けてルナリアに尋ねる。

「ルナ、悪いんだけどステータスを見せてもらっていいか？」

「うん、いいよっ。どうぞー」

許可をくれたルナリアに感謝しながら鑑定Ｌｖ∞を使用する。

そしてトモヤは確信した。

ルナリア　12歳　女　レベル：76
職業：白神子　ギルドランク：C
攻撃：13500　防御：14600　敏捷：14200
魔力：58000　魔攻：52100　魔防：53800
スキル：治癒魔法Lv4・召喚魔法Lv4・契約魔法Lv4・神聖魔法Lv5・隠蔽Lv4・神格召喚

「間違いない、これはスライムの経験値だ」

トモヤの呟きに真っ先に反応したのはリーネだ。

「どういうことだ？　そもそも二人のステータスはどうだったんだ？」

疑問を抱いているのはリーネだけでなくシアとルナリアも同様のようだった。

全員に分かるように、トモヤは説明していく。

まずはシアとルナリアのステータスについて、以前とは比べ物にならないほど上昇していること。そしてその次に、その原因と思わしき事柄について。

トモヤとシアはルーラースライムとの戦闘の際に、世界中に存在するルーラースライムの配下であるスライム種、計10万越えを討伐したのだ。

それらの経験値がシアとルナリア（契約魔法により、トモヤが倒した魔物の経験値は全てルナリアに入るようになっている）に入ったため、このような結果になったのだろう。

トモヤの推測を聞いた三人は納得したように頷く。

……だが一人だけ、リアクションがそれだけでは終わらない人物がいた。

「……トモヤ、頼みがあるんだが、私にも鑑定を使用してくれないか？」

「それは構わないが」

何を目的としているのかは不明だが、リーネきっての頼みを断るはずがなかった。

トモヤはリーネに対しても鑑定Ｌｖ∞を使用する。

（ああ……そういうことか）

その結果を見て、トモヤはリーネが頼んできた理由を察した。

察してしまった、と言った方がいいかもしれない。

リーネ・エレガンテ　18歳　女　レベル：47
職業：赤騎士　ギルドランク：B
攻撃：40800　防御：37400　敏捷：36900
魔力：39200　魔攻：42300　魔防：38900

スキル：火魔法Lv5・剣術Lv6・空間魔法Lv5・隠蔽Lv5・空間斬火《くうかんざんか》
空間斬火――ミューテーションスキル。切り裂いた空間を直接燃やし尽くす。

　トモヤが前回リーネのステータスを見た時と比べて、その数値はかなり伸びている。

　トモヤと共に様々な強敵と戦ってきた成果だろう、十分すぎるほどの成長だ。

　しかしそれも、シアやルナリアの成長ぶりと比べてしまえば見劣りするのも確かで……

「ふふっ、そうか……シアには倍以上の差をつけられ、ルナにも魔力関連では大きく負けてしまっているのか……皆、こんな役立たずな私を笑ってくれ」

　トモヤにステータス内容を告げられた直後、リーネはその場にうずくまりショックを受けていた。

「リーネ……」

　そんな彼女に投げかけるべき言葉をトモヤは有していなかった。

　ステータスなんて関係なく、リーネはトモヤにとって大切な存在であると伝えることは簡単だ。しかし、リーネはそんな慰めを必要とはしていないだろう。

　ステータスがオール∞であるトモヤは、これまでステータス関連で悩みを抱える機会はないに等しかった。それゆえに、本当の意味で今のリーネの気持ちに寄り添ってやることはできない。

そしてそれはトモヤだけでなくシアも同様だ。彼女はこれまで自分の力不足を嘆くことはあったとしても、それはステータスに起因するものではなかった。そんな彼女が今のリーネを元気付ける言葉を見つけるのは困難だろう。

よって、この場でリーネを慰めることができるのは一人だけになるのだが――

トモヤとシアの視線が残る一人、ルナリアに注がれる。

すると、二人の考えを察したわけではないと思うが、ルナリアはゆっくりとリーネの前に歩いていく。

そしてそのまま、蹲《うずくま》ったリーネをぎゅ～と抱きしめ、頭を優しく撫でる。

「……ルナ？」

リーネは突然の温もりに戸惑った様子だった。

「元気だして、リーネ！　リーネがやくたたずなんて、そんなことないよ！」

「し、しかし、今の私はトモヤどころか君を守ることすらできないかもしれないんだぞ」

「そんなことないよっ！　リーネがそばにいるだけで、わたしはいつも元気もらってるもん！　それにね、わたしはだいすきなリーネがいつもみたいに笑ってるところが見たいなっ！」

それは決して、今リーネが嘆いている問題を解決する言葉ではなかった。

しかし、だからこそだろうか。ルナリアの言葉には嘘偽りなく、純粋にリーネの元気を願っていることが分かった。

それをリーネも感じたのだろう。彼女は瞳に光を灯し立ち上がる。

「ルナ……！　ああ、そうだな、確かに君の言う通りだ。こんなところで落ち込んでいるなんて私らしくない！」

リーネはいつものように力強くも優しい笑みを浮かべていた。

そんな彼女を見てトモヤはほっと一息つく。

それにしても、気丈なリーネがあれだけ落ち込んでいたにもかかわらず一瞬で立ち上がることができるとは、あのルナリアの慰めには果たしてどれだけの癒し効果があるというのか。これは今ここでトモヤも経験しておくべきではないだろうか。

そのためにはまず――

「シア、頼む。一発俺を落ち込ませる言葉をくれ」

「わけが分からない。ドン引き」

素で引かれてしまった。トモヤショック。

「すみません、大変おまたせしました！」

そんなことをしている間に、受付嬢が一人の男性を引き連れて戻ってくる。

四十歳前後の精悍《せいかん》な顔立ちが特徴的なあの男性がギルドマスターなのだろう。

ギルドマスターらしき男性は、シアを見て興味深そうに頷く。

「なるほど、君が鑑定水晶玉を破壊したのか。素晴らしい！　それだけの魔力を保有しているのであれば、文句なしのSランクだ！　ぜひ、これからは我がギルドの一員として活躍してほしい！」

登録と同時にSランク認定。冒険者としては最高のスタートダッシュだ。

シアにそれだけの評価が下されたことに対して反応したのは、シアではなくギルド内の冒険者たちだった。

「おい、マジでSランクになるみたいだぞ！」

「普段は落ち着いたギルドマスターが取り乱すのなんて初めて見るわ」

「これは何としてもうちのパーティに引っ張ってこなくちゃな！」

盛大な歓声が沸き上がる。

それを受けてもシアは落ち着いた様子で、腕を組んだまま目をつむっており――

「ふふん、悪くない」

――違った。感慨にふけっているだけだった。

口角は僅かに上がっているし、耳もぴくりと動いている。すごく満足そうだ。

ただシアには悪いが、このままSランク認定されてしまったら同じパーティを組めなくなる。トモヤ達がランクを上げてAランクパーティを作る手もあるが、Bランクパーティに比べてAランクパーティは数が少なく、その分注目を受けやすいというデメリットが存在する。それに対してメリットは少ないため、できれば避けておきたいところだ。

Sランク認定は断ってほしい。そんな気持ちを込めてシアを見ると、彼女は自信満々に頷く。

（頼むぞシア、ここはAランクで留めておいてくれ）

（任せて）

口に出さずともシアから返事が伝わってくる。

さすがはこれまで寝食を共にし、時には命を預け合って強敵と戦ってきただけはある。

トモヤとシアは既に言葉を交わさずとも思いを伝え合える仲になって――

「私だけじゃなく、トモヤのSランク認定もお願い」

「全然伝わってなかった！」

――いなかった。全然通じ合えてなかった。

それどころかより面倒ごとが起きかねない方向に進もうとしている。

その証拠に、そう言われたギルドマスターも困惑の表情を浮かべていた。

「申し訳ないが、Sランク認定はそう簡単にできるものではなくてね。君の望みには応えられそうにないよ」

「？　トモヤは私よりも圧倒的に強い――」

シアが反論しかけた、その時だった。

「はっはっは、ギルドマスターの言う通りだぜ嬢ちゃん！　あんまりわがままは言うもんじゃねぇよ！」

人垣を分けるようにして、四人の冒険者が姿を現す。

今の発言をした男は、先ほどから何度もシアをパーティに誘おうとしていた人物だった。

ざわざわと、冒険者たちが男に注目する。

「おい見ろよあれ、Ａランクパーティ【灰霧《かいむ》の刃《やいば》】のリーダー、グエンじゃねぇか？」

「先日の武闘大会で二位だった奴だな。金聖《きんせい》のエルトに惜しくも敗れていたが、Ａランクの中でもとびぬけた実力を持っている男だ」

「勧誘か？　決闘か？　何が起ころうとしているんだ⁉」

ギャラリーの話を聞く限り、彼はかなりの実力者らしい。

ところで金聖のエルト……どこかで聞いた覚えがあるが、きっと気のせいだ。今は気にしないでおこう。

グエンは自身への注目をものともせず発言を続ける。

「その男の実力は知らねぇが、この時期にノースポートにいるっつうことは武闘大会の参加者だったんだろうよ。だが、俺はそいつを見た覚えがねぇ。本選にも上がれなかったような奴にSランク認定させようなんざ無茶な話だ」

どうやらグエンはトモヤが武闘大会に出たことを前提に話を進めているようだった。

「そんな半端な奴なんかより、俺らのパーティに来いよ。メンバーはこの四人。Aランクが俺を含めて二人、Bランクが二人のパーティだ。ここでならあんたもきっと活躍できるはずだぜ！」

「——聞き捨てならないな」

「ああん？」

グエンがトモヤのSランク認定を否定するだけならば、うまくそれに乗っかって話をおじゃんにするつもりだった。自分の実力を勘違いされるだけならば特に何も思わない。しかしシアをパーティに勧誘するようなら話は別だ。

「シアは俺達の大切な仲間だ。悪いけどそっちにはやれないな」

「……トモヤ」

シアは驚いたように目を見開いていた。

トモヤがここまで強く反論するとは思っていなかったのかもしれない。

「ははっ、はははは！」

何が面白いのか、突如としてグエンは笑い始める。

「これは驚いた！　まさか俺に逆らってくるだけの気概があるとはな！　だが、お前は嬢ちゃんの仲間だと言うが、それに相応しい実力は持っているのか？」

「当然だ」

「面白れぇ！　ならそれを俺に証明してみせろ！　トモヤだったか？　そこの嬢ちゃんをかけて、俺はてめぇに決闘を申し込む！」

「――――なに？」

これは予想外な展開になった。

簡単に諦めてくれるとは思っていなかったが、まさかそのような申し出がくるとは。

この程度の相手に負ける気はしないが、さすがに仲間を賭ける気にはならない。

こちらに勝った際のメリットがないこともあり、断ろうとした時だった。

「構わない。受けて立つ」

なぜか、外ならぬシアが堂々とそう告げた。

瞬間、ギルド内が盛大に沸く。

「おお、グエンが決闘を行うぞ！」

「嬢ちゃんは仲間を信頼してるみたいだが、さすがにグエンに勝つのは難しいだろうな」

「Sランク冒険者を仲間に入れたとなると、【灰霧の刃】がSランク認定されるのも時間の問題だな」

ここにいる全員が、これから行われる決闘に期待感を抱いている様子だった。

「……当人である俺が了承していないのに、既に決定されたみたいになってるんだが」

この空気の中、断ると言い出すことは難しい。

トモヤは諦めたように、大きくため息を吐いた。そしてジト目でシアを見る。

「シアさん、何か言うことは？」

「私のために争って」

「普通そこは争わないでじゃないのか!?」

シアはシアでワクワク感を抑えきれないような表情を浮かべていた。

完全に楽しんでいるなこいつ。こうなった時、頼れるのはリーネだけだ。

「ほら、リーネも何とか言ってやってくれ」

「うむ、最初はどうなるかと思ったが、なかなか楽しい展開になってきたな」

「リーネさん？」

まさかのリーネの言葉に、トモヤは自分の耳を疑った。

「いや、少し自国の決まり事を思い出してだな」

「決まり事？」

「ああ。以前、デュナミス王国は実力至上主義だと教えただろう？　それにちなんだ決まりがあってだな。たとえ愛し合い将来を誓った婚約者がいたとしても、貴族間での政略結婚や親同士が決めた許嫁《いいなずけ》と一緒にならないといけない、というのはよくある話なのだが……そういった場合に、恋人の結婚相手に対して、恋人をかけて決闘を申し込むことが許されているんだ。無論、身分の違いも関係なくな」

「実力至上主義すぎる……！」

なかなか特殊な決まりだった。リーネが生まれ育ったデュナミス王国に対する興味が湧いてくるが、今はそれに構っている余裕はない。

「何はともあれ、まずは目の前の敵に勝たなくちゃな」

「がんばれ、トモヤ！」

「ああ、ルナの応援があれば百人力だ！」

世界一力の出る応援をもらった後、トモヤ達は決闘を行うために場所を移動することになった。


トモヤ達が連れて来られたのは、町中にある決闘場だった。

立派な四角形の舞台が設置されており、周囲にはギャラリーが観戦できるだけのスペースが併設されている。

何でも、この決闘場は武闘大会でも使用されるらしく、そのためこれだけしっかりとした造りになっているのだろう。

「ほう、これはなかなか」

想定していたよりも立派な決闘場に感心していると、グエンは滑稽《こっけい》なものを見たかのように笑う。

「何を感心してやがる。お前は今から大勢が観戦する中、この舞台で無様に負けるんだ。降参する準備でもしておきな！」

グエンの発言にもあるように、確かにギャラリーは多かった。

ギルド内であれだけ盛大に決闘を申し込まれたためか、あそこにいた冒険者達は揃《そろ》って観戦しにきている。

さらにはこの集まりを見た町の人々が、今から何が起きるのかとわくわくした表情を浮かべて集まってきている。合わせると、なんと３００人近いギャラリーがいた。

「何かイベントがあるのかと思って来てみたら決闘みたいね。武闘大会が終わってから退屈続きだったけど、これは楽しめそうね！」

「グエンー！　そんな奴一瞬でやっつけちまえ！　Ａランクの実力を見せてくれよ！」

「そこのお前も、ちょっとは粘ってくれよ！　じゃねぇと見応えねぇからな！」

ギャラリーからは次々と歓声が上がっている。

「まさかここまで大がかりになるとは」

「うむ。このギャラリーの数はさすがに想定外だな。しかし君なら問題はない、全員を黙らせてやれ」

「ああ」

「私のために頑張って」

「がんばって、トモヤ!」

「任せろ」

リーネの力強い言葉や、シアとルナリアの温度差のある声援を受け取り、トモヤは舞台に上がった。

舞台の上には既にグエンが立っており、ストレッチをしている。

「やられる覚悟はできたか?」

「いや、まったく。やられるのはお前だからな」

そして二人の準備が整う。それを見た審判が、合図の構えを取る。

「降参、もしくは気絶した者の負けとなります。両者、準備はよろしいですか?」

「ああ」

「おう」

「それでは――始め!」

そして、トモヤとAランク冒険者グエンの決闘が始まった。

グエンは腰の帯から剣を抜くと、勇猛果敢に襲い掛かってくる。

「てめぇにこれが躱せるかな！」

「ふむ」

一瞬、トモヤも例の剣を使うべきかと考えたが、グエンの動きを見てその必要はないことを悟る。Aランク冒険者なだけあって、動きは確かに悪くない。しかしこれまで数多《あまた》の強敵と戦ってきたトモヤにとっては止まっているも同然だった。

グエンが目の前に迫るまでトモヤは微動だにしない。そして剣が振り切られるタイミングですっと体を横にずらし紙一重で刃を避けた。

「ほう、ギリギリとはいえよく避けたな！　でも、マグレが何度も続くかな！」

斬撃と刺突が組み合わさった見事な連撃。

空に剣閃が瞬き、大気を切り裂く剣撃の数々は、しかしトモヤには一切届かない。

「なっ、いったいどうなってやがる⁉」

尋常ならざる事態だと察したのか、グエンはその場から後ろに下がる。

そしてトモヤに疑惑の視線を向けてくる。

「おいてめぇ、何をした！　なんで俺の攻撃を全て躱せるんだ⁉」

「普通に全て見えているだけだ」

「なっ！　そんなはずはねぇ、並のAランクじゃ視認できねぇほどの速度だぞ⁉　くそっ、てめぇが何をしているのかはしらねぇが、だったらこれならどうだ――灰霧《かいむ》！」

「む」

グエンが叫んだ瞬間、彼の体を中心に灰色の霧が現れる。

霧は瞬く間の内に舞台全体を覆い隠した。

「これは【灰霧の刃】と名付けられるきっかけとなったグエンの十八番《おはこ》、灰霧だ！　この霧によって自分の姿を相手に見えなくしたところで、斬撃を浴びせるんだ！」

「ああ、恐ろしく、かつ最強の必殺技。ただ唯一の難点は――観戦している俺達にも何が起きているのかさっぱり分からないことだ！」

「いったいあの霧の中で何が行われているんだ！」

ギャラリーの解説のおかげでグエンの狙いは把握できた。

もっともそれが通用するのは、相手がトモヤでなければの話だ。

「千里眼Ｌｖ∞――発動」

そう唱えた瞬間、霧など関係なく周囲の視認が可能となる。

グエンはこの隙にトモヤの背後に回り込み攻撃を仕掛けようとしていた。

勝利を確信しているのか、笑みまで浮かべている。

しかし――

「残念だったな、無駄だ」

「な――がはっ！」

突き出される刃を右手の人差し指と中指で挟み、そのままグエンの体ごと投げ捨てる。

勢いよく地面に叩《たた》きつけられたグエンは苦しそうにうめき声を漏らしていた。

「ウィンド」

ついでに、風魔法で霧も吹き飛ばしておく。この方がどういう状況か周りにも分かりやすいだろう。

グエンの狙いは全て看破した上で反撃まで加えてみせた。

個人的にはそろそろ降参の頃合いだと思うが、果たして——

「おい、どうなってんだ。グエンが手も足も出てないぞ」

「これ、あっちの奴が本当に勝つんじゃないか？」

ギャラリーの皆も、グエンの敗北を悟っている様子だった。

さて、当のグエンはどう動くか。今のところ、這《は》いつくばったまま動く様子はない。

このまま終わるか。そう思った次の瞬間だった。

「喰らえ！」

「——」

グエンは胸元から何らかの紙を取り出すと、それを勢いよくトモヤに投げつけてくる。

よく見ると紙には魔力が込められており、トモヤはそれを魔法陣が書かれた魔法紙であると判断した。

「ウィンド」

直撃したところでダメージはないだろうが、反射的にトモヤは魔法紙を風魔法で地面に撃ち落とす。

そのままグエンに視線を向けると、狙いが防がれたにもかかわらず彼は笑っていた。

「おい坊主《ぼうず》。てめぇの実力は認めてやる。身体能力だけなら確かに俺よりも上みたいだ。けどな、それだけで俺に勝てるなんて思うなよ！」

「っ、これは」

グエンの叫びに応じるように、地面に落ちた紙が強い光を発する。

「俺は剣士であると同時に魔法使い、さらには召喚士でもある！　それは召喚魔法の術式が書かれた魔法紙だ！　そこから召喚される魔物と俺の力が合わさればてめぇなんて一瞬で倒せる！」

その直後だった。地面に落ちた魔法紙の光が黄緑に染まり、さらに強力な光を発した。

眩《まばゆ》い光が世界を覆う。

「いいぞ！　この反応だとくるのは間違いなくAランク以上だ！　おい、降参するならいまのうち……え？」

グエンが途中で口を閉じる。そうなるのも仕方がなかった。

なぜなら光が収まった時そこにいたのは、グエンが想像していたであろう魔物とは大きく異なっていたからだ。

全長10メートルを優に上回る巨躯《きょく》は黄緑色の鱗《うろこ》に覆われており、まるで強固な鎧《よろい》のようにさえ見えた。

そこに君臨するその魔物は、ぎょろりと黄色の目で周囲を見渡す。

「ひ、ひいっ！」

「嘘だろ、召喚魔法でドラゴンが呼び出されるなんてありえるのか!?」

ギャラリーは腰が抜けたようにその場から動かない。

そのうちの一人が言ったように、そこにいるのは紛れもなくドラゴンだった。

トモヤはひとまず鑑定を使用する。

【ウィンドドラゴン】――Sランク中位指定。

Sランク中位指定。それはトモヤにとっては見慣れた敵だが、おそらくここにいる者たちにとっては初めて見る強敵だった。

「ま、まて、俺はこんなの呼んでねえぞ！」

召喚主のグエンですら、完全にパニックに陥っていた。

（どういうことだ？　ギャラリーだけならともかく、なんでグエンまで）

非常に気になるが、今は考えていられる余裕はない。

ひとまずこの異常事態を片付けなければ。

「グオォォオオオ！」

ウィンドドラゴンの咆哮《ほうこう》によって大気が、そして大地が震える。

これだけでも一般人にとっては危険だ。仕方ない。

「留壁《りゅうへき》！」

スキル・防壁の派生能力の一つ、場所に固定した壁を生み出す留壁を発動する。

範囲はグエンを除いた舞台の上。これでトモヤとウィンドドラゴンだけが留壁の中にいることになる。相手は人ではないため手加減はいらない。一瞬で終わらせよう。

ウィンドドラゴンは状況を理解したのか、既に俺に照準を合わせていた。

大きく開けられた口には莫大な魔力が集っている。そして、

「グルァァアアアアア！」

ウィンドドラゴンから放たれる、暴風の息吹《ウィンドブレス》。小さな山ぐらいなら簡単に吹き飛ばしてしまいそうな威力を前に、トモヤが取る対策は至極単純。

「攻撃ステータス・1億」

トモヤの振るった拳から、暴風の息吹を大きく上回る烈風が放たれる。

烈風は瞬く間のうちに暴風の息吹を呑み込み、その勢いのままウィンドドラゴンに直撃

する。

胴体に大きく風穴を開けられたウィンドドラゴンは、瞬く間のうちに消滅していくのだった。

「ふー」

一件落着……いや、違う。まだ決闘の途中だということを忘れていた。

留壁を解除したトモヤは、地面に尻をつけたままぽかーんと間抜けな表情を浮かべるグエンに向けて言った。

「さあ、続きをやるか――」

「降参します！」

「――え？」

グエンはその場で頭を地面につけ、大声でそう叫ぶ。

「ご、ごほん！　グエンの降参により、勝者こっちです！」

トモヤの名前さえ把握していなかったらしい審判が、思い出したようにトモヤの勝利を宣言する。

こうしてなんだかよく分からないまま、トモヤは決闘に勝利した。

その後、話は流れるように進んでいった。グエンは敗北を認め、シアを諦めた。

そしてギルドにはシアがまだ東大陸に来たばかりで右も左も分からない中、Sランク冒険者としての重圧までかかるのは良くないと主張し、なんとかAランク認定に留めてもらった。それで今度こそ一件落着、となればよかったのだが――

「さあ、今日は新しく生まれたSランク冒険者、トモヤに乾杯だ！」

「「「おー！」」」

「なぜこうなった⁉」

――シアの代わりにトモヤがSランク認定されることになってしまった。

ウィンドドラゴンを一撃で倒したところを多くのギャラリーに見られてしまったせいで流れるようにそうなってしまったのだ。

そして今はギルドの酒場にて、トモヤのSランク昇格を祝う宴《うたげ》が開かれている。

そんなトモヤの隣には、先ほど決闘を行ったばかりのグエンが座っていた。

グエンは酒をぐいっと飲んだ後、楽しそうにトモヤに話しかける。

「いやー驚いた！　まさかSランク魔物を瞬殺しちまうとはな！　何で武闘大会では本選までこれなかったんだ？」

「いや、そもそも俺は武闘大会には出ていないぞ」

「なんだと⁉　それだと、武闘大会に出ていたことを前提に話していたさっきまでの俺が間抜けみたいじゃねぇか！」

実際間抜けだったよ、という言葉は喉の奥でなんとか止めておいた。

これ以上グエンの隣にいたら面倒なことになりそうだと判断したトモヤは席を立つとリーネ達のもとに行く。

「お疲れトモヤ」

「ああ、ありがとうリーネ。本当に疲れたよ」

決闘だけなら大した疲労ではないが、その後のやり取りで精神的にかなり疲労した。

Sランク冒険者の誕生の場に立ち会えたことに彼らは喜んでいるようだが、その感覚を理解できないトモヤはテンションについていけなかった。

「やっぱりこのメンバーが一番落ち着くな」

「なるほど……つまり、トモヤは私と一生共にいたい、ということ？」

「まてシア、どこを聞いたらそうなった」

とんでもない拡大解釈にトモヤは素早くツッコむ。

しかし当の本人には聞こえてないのか、満足気な笑みを浮かべていた。

「……以前から思っていたが、君たち二人は……いや、何でもない」

そんなトモヤとシアの様子を見てリーネが何かを言いかけていたが、大したことではなかったのか途中で言うのを止めていた。

と、そんな風に二人と話をしていると、ルナリアがちょこんとトモヤの膝の上に座ってくる。ルナリアはくるりと顔だけをトモヤに向けると、輝いた目で告げる。

「あのね、トモヤ！　さっきのたたかってるところ、すっごくかっこよかったよ！」

「ルナ……ありがとう」

「えへへ、どういたしまして！」

感謝を込めてルナリアの頭を撫でると、彼女はさらに嬉しそうに微笑む。

その姿を見てテンションが上がったトモヤはルナリアの頬《ほほ》をつついたりして楽しい時間を過ごしていく。

その途中で、不意にリーネが言った。

「そういえば、結局先ほどの決闘で現れたウィンドドラゴンは何だったのだろうか。今から考えても、グエンにSランク魔物を召喚できるだけの実力があったとは思えないが」

「確かにそうだな」

それはトモヤも気になったが、ウィンドドラゴンを討伐することを優先して後回しにしていたことだった。グエン自身も自分は召喚していないと言っていたし、何らかの想定外の出来事が起きていたのかもしれない。

「確かに変だった」

おもむろにシアは言った。

「あの男が魔法紙をトモヤに投げた時、既に魔力が込められていた。なのにその後になって魔力の色が変わり、光の強さまで変わっていた」

「よく見ていたな」

言われてみればそうだ。魔法紙はグエンの手を離れてからおかしな現象を発生させた。

これが意味するものとはいったい……

「ねぇねぇトモヤ、何のおはなし？」

「ああ、グエンが召喚したウィンドドラゴンについてだけど――」

「ふえっ？　あの子をよんだの、トモヤだよ？」

「――え？」

ルナリアの発言に、一瞬思考が停止する。

「あ、ああっ！」

直後、トモヤも思い出した。確かにウィンドドラゴンが召喚される直前、トモヤはウィンドを発動し魔法紙を弾いた。その際にトモヤの魔力が魔法紙に注がれたと考えれば、あれだけ強力な魔物が召喚されることも納得できる。

黄緑の光は風属性の色だし、そもそもウィンドドラゴンも風属性だ。

ルナリアが言ったように、間違いなくあれが呼び出されたのはトモヤのせいだろう。

自分が召喚した魔物を倒し、それによってSランク認定されたわけだ。

実際のところトモヤがとった行動に批判されるべき点はないのだが（そもそもSランク

認定は求めていなかったし）、なんとなく公言しづらい。

「よし、この話はなかったことにしよう！」

「君がそれでいいのなら、私達は構わないが……」

リーネは少しだけ呆れた様子でそう告げるのだった。

ちなみに後日談になるが、その後リーネはAランク、ルナリアはBランクに昇格し、無事に同じパーティを組めるようになるのだった。

◇◆◇

ユミリアンテ公国にやってきてから約一週間が経った。

この間、色々な観光地を回ったりギルドで依頼を受けたりして、トモヤ達は楽しい時間を過ごしていた。

そんなある日、トモヤ達のもとにその手紙が届いた。

「あっ、こちらリーネさん宛てに手紙が届いていますよ」

「私にか？　魔法手紙のようだが、一体誰から……む」

差出人を見た瞬間、リーネの表情が僅かに強張る。

「誰からだったんだ、リーネ？」

「……モルド兄上だ」

トモヤも知っている名前だった。フィーネス国で出会った時のことを思い出す。

「中を読んでみる」

手紙を読み始めるリーネの横で、シアが首を傾げる。

「モルドって、リーネのお兄さん？」

「ああ、エレガンテ家の長男らしい。俺とルナは前に会ったことがある」

「！　我が家よりも先にリーネの家族に挨拶を済ましていたとは。侮れない」

「相変わらず何を言っているんだお前は」

そんなことを話している間に、手紙を読み終えたリーネが顔を上げる。

「何て書いてたんだ？」

尋ねると、リーネは少し疲れた表情で手紙をトモヤに差し出す。

「結論だけ言うと、一時的にだけでもいいから家に帰ってこないかと書かれてあった」

「なるほど……こ、これは」

手紙を読めば、リーネがわざわざ結論だけと付けた理由が分かる。

書き出しから、まるで時候の挨拶のようにリーネに対する称賛の言葉がこれでもかというくらいに書かれている。正直言うとちょっと怖い。

千字以上の書き出しを終えると、手紙はようやく用件に入る。

何でもデュナミス王国は常に大陸全土から実力者の情報を集めており、ユミリアンテ公国でSランク認定された冒険者がいるという情報も入手していたらしい。

モルドはその冒険者の特徴からそれがトモヤであると判断したらしく、その場にはリーネがいると考え一日もかからず目的地に届けられるこの魔法手紙を送ったらしい。

その後の内容としてはリーネが言ったように、一度実家に帰ってこないかというものだった。その際にはトモヤ達も一緒に歓迎すると書かれている。

「わたし、リーネの育ったばしょ、行ってみたい！」

話を聞いたルナリアは、すぐに目を輝かせてそう告げた。

それを皮切りに、トモヤとシアも自分の意見を口にする。

「俺もルナと一緒だ。リーネが生まれ育った場所を見てみたい」

「私も興味がある」

「君達全員の意見が一致しているのか。そうだな、確かに私もどこかで機会を見つけて戻る気ではいたが……」

リーネは少し考える素振りを見せる。

モルドとの会話で勘違いは解けたものの、家族とは喧嘩《けんか》別れのようにして家を飛び出したとの話だから、再会するのに気まずさもあるのだろう。

「くっ、どれだけシミュレーションしても、私の友人に対し家族が失礼な対応をする未来しか見えない！　本当にトモヤ達を連れて行ってもいいのだろうか？」

全然違った。なんだかしょうもない理由だった。いや、リーネにとっては真剣なんだろうけど。

「大丈夫だリーネ。リーネの家族の素が見れるんだったら、むしろ嬉しいくらいだよ」

「む……君がそう言うなら、まあいいのだろうか？」

その後、もう少しだけ迷った素振りを見せる。そして、

「よし、覚悟は決まった」

リーネはトモヤ達三人に視線を向ける。

「トモヤ、ルナ、シア。私の帰郷に君達も付き合ってくれるだろうか？」

その問いに対する答えはもちろん、

「ああ、任せろ」

「うんっ！　たのしみだね！」

「了解」

そしてトモヤ達の次の目的地はリーネの故郷、デュナミス王国に決まった。

閑話　花冠《はなかんむり》をきみに

デュナミス王国は東大陸《ミアレルド》の東端に位置するだけあり、ユミリアンテ公国からはかなりの距離があった。

そのことはモルドも理解しているのだろう。リーネが今からユミリアンテ公国を発《た》ちデュナミス王国を目指すという旨の魔法手紙を送ると、歓喜の言葉と共にゆっくり来ても大丈夫だと書かれた返事が返ってきた。

そんなわけで、トモヤ達は幾つもの馬車を乗り継ぎ、様々な国を観光しながら気軽にデュナミスを目指していた。

そんなある日のこと。その日の移動を終え馬車を降りたトモヤ達は、野宿の準備を済ませ食事の用意をしようとしていた。

すると、そこに一人の少女が嬉しそうな笑顔で駆け寄ってくる。

「ねえねえトモヤ、見て！　すっごくきれいだよ！」

肩まで伸びる白銀の髪に、深い海を閉じ込めた碧眼。

この世の全ての可愛さを凝縮したかのような存在――ルナリアだ。

先ほどからこの場を少し離れていたが、何かあったのだろうか？

「えいっ！」

「おっと。どうしたんだ、ルナ」

「えへへぇ」

勢いよく飛び込んでくる華奢な体を優しく受け止める。

ルナリアは嬉しそうにトモヤの胸に頬《ほほ》をすりよせていた。

何か用件があったはずなのだが、その可愛さの前には全てがどうでもよくなり、トモヤは優しくルナリアの頭を撫でる。

そのたびにルナリアは嬉しそうな声を零《こぼ》していた。

それから一分後、名残惜しくもトモヤから離れたルナリアは手に持つ青色の花を差し出してきた。

「んとね、トモヤ、これ見て！」

「花か？　えーっと」

何の花か分からなかったため、トモヤは鑑定を使用した。

【サファイアブルーム】

花から漂う甘い香りを持った魔力には、人族などを落ち着かせる効果がある。

見た目が綺麗なだけでなく癒し効果まであるとは、ルナリアにぴったりだ。

「綺麗だな」

「えへへ、でしょっ！」

得意げに微笑むルナリア可愛いマジ大天使。

そうだ、いいことを思いついた。

トモヤはその考えを実行に移すべく、ルナリアに問いかける。

「ルナ、その花はどこにあったんだ？」

「こっちだよ、トモヤ！」

トモヤの問いに対し、ルナリアは嬉しそうに手を引きながら歩いていく。

その後ろ姿を眺めるだけで幸福を感じ微笑みながら、トモヤもついていった。

そして辿り着いたのは、一面にサファイアブルームが咲き誇る美しい平原だった。

これだけあれば、トモヤの望みが叶うに違いない。

「それで、なにするの、トモヤ？」

「ちゃんと説明するよ。ルナも一緒にやろうか」

「うん！」

花を避け、そっと腰を下ろすトモヤ。

そのマネをするように、ルナリアもちょこんと座る。

準備が整ったところで、トモヤは告げた。

「花冠《はなかんむり》を作ろうと思うんだ」

「はなかんむり？」

「ああ、これをこうやってだな」

創造スキルで必要な材料を揃えた後、実演しながら説明していく。

花が繋《つな》がり、徐々に丸みを帯びていく光景にルナリアは目を輝かせる。

「わあぁ～、すごいね、トモヤ！」

「ルナもやってみるか？」

「うん！」

それからしばらくの間、二人で花冠作りに精を出すこととなった。

その分、完成したものの出来は素晴らしく。

「じゃあルナ、下を向いていてくれるか？」

「こう？」

「そうだ。よっと」

出来上がった花冠を、そっとルナリアの頭にのせる。

輝くような青色の花はルナリアの白銀の髪にとてもよく似合っていて、綺麗だった。

「うん、似合ってる。最高に可愛い。天使だ」

「まぞくだよ？　でもありがと、トモヤ！　はい、お礼だよ！」

続けてルナリアが作った、少しだけ歪《ゆが》んだ形の花冠《はなかんむり》がトモヤの頭にのせられる。

けれどトモヤだけは知っている。これはどんな名細工師が作る物よりも価値があると。

これを頭にのせたトモヤは、きっとこの世界のどんな王様よりも贅沢《ぜいたく》で幸福者だ。

「ありがとうルナ、本当に嬉しいよ」

「トモヤがよろこんでくれるなら、わたしもうれしいよ！」

「ルナ……！」

感動のあまり涙が零《こぼ》れそうになるが、がまんがまん。

「おーい、トモヤ！　ご飯ができたぞ！」

「早く来ないと、全部食べる」

と、思ったよりも時間が経っていたのか、迎えに来た二人が大声でそう呼んでいる。

全部食べられるわけにはいかない。早く帰らなければ。

「じゃあ戻ろうか」

「うん！」

ルナリアの手を繋《つな》ぎ、ゆっくりと歩いていく。

幸せを感じながら。

第三章　デュナミス王国

ルナリアと楽しく花冠《はなかんむり》を作ってからさらに数日、順調に旅は続いていた。

その途中で、不意にシアがリーネに尋ねた。

「リーネは、故郷でどんな風に暮らしていたの？」

「む、そうだな。確かにシアには話したことがなかったか」

トモヤとルナリアは、リーネとモルドの話し合いの場にいたため、ある程度リーネの幼少期の出来事を把握していた。

しかしその場にいなかったシアは当然そのことを知らない。興味を抱くのは当然のことだろう。

「あまり大っぴらにする話でもないんだが……せっかくだ、シアにも話しておこうか」

そう断りを入れた後、リーネは自分の過去について話し始めた。

いつの日かトモヤ達が聞いたのと同じ内容。

リーネがミューテーションスキルを手に入れるまでの不遇と、その後に起きた家族との行き違いの話だ。

話を聞き終えたシアは大きく頷く。

「なるほど。そんなことが……なかなか面白い話だった。ありがとう、リーネ」

「や、やはりこれは面白い話なのか……くっ、あまり不特定多数には話さない方が良さそうだな」

「そんなことないよ！　リーネの家族がなかよしなんだなって、わかるもん！　もっといろいろと聞かせてほしいなっ」

「る、ルナ……！」

天使の微笑みにやられてしまったのか、リーネは感極まった様子でルナリアの体を抱きしめる。

対するルナリアも嬉しそうに笑いながらリーネを抱きしめ返す。赤と白のコントラストが美しく調和していた。

そんなほっこりとする光景を眺めながら、ふとトモヤは疑問を抱く。

以前から少しだけ気になっていたことがあったのだ。

「そういえばさ、リーネ。話によるとリーネが力に目覚めて以降、媚《こ》びを売ってきたり敵対視してくる人ばかりだって言うけど、本当に全員が全員そうだったのか？」

「ん？　どういうことだ？」

「いや、家族間でも勘違いがあった訳だろ？　だとするなら、もしかしたらその辺りにも認識の誤りとかがあるんじゃないかと思ってさ」

「……ふむ」

リーネは手を顎に当て、思考の海に沈んでいく。

翡翠《ひすい》の瞳は理知的な光を灯し、才女の雰囲気を纏っている。

しばしの思考のあと、リーネは「そういえば」と話を切り出す。

「私を敵対視していた者の中には、少しだけ他と違った人物がいたな」

「どんな人だったんだ？」

「ああ、ユーリとは……その女性とは私がミューテーションスキルに目覚める前から交流があってな。少し長くなるが、聞いてくれるだろうか？」

もちろんとトモヤたちが頷くのを見て、リーネは静かに語り始める。

それはトモヤも初めて知る、リーネの物語だった。

◇◆◇

リーネの生家エレガンテ家は、デュナミス王国の王都に館を構えている。

貴族の中でも実力があるエレガンテ家の者たちは国王からの覚えもよく、魔物の襲撃時などには率先して対応を任されるほどであった。

そんな家で育ったリーネも、当然剣技や魔術の特訓に勤しんだ。

だが、父や兄と違って才能には恵まれないまま、12年の月日が経った。

幼い頃のリーネは今にも増して可愛らしいと家族から評判で、蝶を愛《め》でるように扱われていた。そのため、リーネは貴族の女性のみが所属する学院に通うことになった。

入学試験もなく、授業内容も貴族の常識やマナー、最低限の護衛術を学ぶ程度の学院。

才能がないと思われていたリーネだが、決して修練を欠かしたことはなく、最低限の実力は兼ね備えていた。

その努力のためか、学院内においてリーネは最も実力のある存在になれた。

〝彼女〟と初めて出会ったのは、学院に入ってすぐのことだった。

「貴女が、リーネ・エレガンテですね」

「──貴女は」

陽光を受けて照り映える、桃色の長髪を靡かせる少女。

紫水晶のような美しい瞳を見ると、まるで心まで奪われてしまいそうになる。

上品さと動きやすさを兼ね備えた戦闘着に身を包む彼女のことをリーネは知っていた。

ユーリ・フォン・デュナミス。ここデュナミス王国の第一王女だ。

直接話したことはないが、姿を拝見したことは何度もあった。

リーネは反射的に膝を地につけ首《こうべ》を垂れた。

「はい、仰る通りでございます。私はリーネ・エレガンテと申します。殿下のことは以前より――」

「そういうのは必要ありません。顔を上げてください」

「……かしこまりました」

まさか挨拶が途中で遮られるとは思わなかったと驚きながら、リーネは顔を上げた。

するとユーリは満足気に頷く。

「同じ学院に通う以上、敬語も敬称もいりません。わたくしのことはユーリとお呼びください」

「……ああ。分かった、ユーリ。こちらのこともぜひリーネと呼んでくれ」

「もちろんです、リーネ。ただわたくしは普段からこの口調ですので、このままお話したしますね」

王族の立場上、自分よりもしがらみが多いことは理解している。リーネは頷いた。

「それで、どうして私に話しかけてきたんだ?」

「ええ、そのことですが、決まっているでしょう」

ビシッと、ユーリは人差し指をリーネに突き刺しながら告げる。

「リーネ、貴女に決闘を申し込みます！」

「け、決闘!?」

王族から決闘を申し込まれるなどただ事ではない。何か気に障ることをしただろうか。

身体が震えそうになるが、どうやらそうではないらしい。

というのも、ユーリは王族なだけあって王宮で英才教育を受けている。戦闘においても自信を持っているが、そんな自分が一授業とはいえリーネより成績が下であることが不満だったらしい。

そんなユーリの意見を聞いた後、リーネ達は教師に立ち会いをお願いして決闘ならぬ模擬戦を行うこととなった。

初めての勝負は、リーネの圧勝だった。

「くっ、負けました。けれどこれで終わるとは思わないことです！　リーネ、またすぐにでも再戦を申し込みます！」

「ああ、望むところだ」

それから、定期的にリーネとユーリは模擬戦を行うようになった。

ユーリはリーネと戦うたびに凄まじい速度で成長し、数ヵ月もたたないうちに初勝利を収める。

それに負けじとリーネも鍛え、お互いを高め合っていた。

「また負けました！　次は勝ってみせます！」

「今回はわたくしの勝ちですね！　ふふん、リーネなんてわたくしの足元にも及びません！」

「ようやく追いつきました！　これで99勝99敗！　次で本当の決着がつきます！」

ユーリは明確にリーネのことをライバル視していた。

しかし持って生まれた才能が違ったのか、既にリーネの実力を上回り、ここ最近はほとんどユーリの勝利が続いていた。

学院の卒業も間近に迫り、ユーリの言う通り、最後の模擬戦が執り行われようとしていた頃。あの事件が起こり、リーネはミューテーションスキルに目覚めた。

リーネがミューテーションスキルに目覚めてから、周囲の態度は一変した。

媚びる者、敵対視する者、貶《おとし》めようとする者。そんな環境に嫌気がさし、リーネは国を出ることを決意した。家族をえいえいっと打ち倒し、荷物を背負い外に出る。

そんな折、ふと思い出したのはユーリの存在だった。

あの事件以降、ユーリとまともに顔を合わせていない。学院にさえ付きまとってくる者が増えたため、すぐに行かなくなったからだ。

思えば、リーネとユーリが出会うのはいつも学院だった。それ以外の場所では共に時を過ごすこともない。同じ学び舎《や》で競い合うだけの関係。

会いに行こうにも、王宮にまで出向けば国を出るのを止められる可能性がある。

だからこそリーネは彼女に会うことを諦めて、王都の外に向かった。

「――リーネ！」

「……ユーリ」

だからこそ、驚く他なかった。ユーリが貴族街にたった一人で現れ、リーネの名を呼んだという事実に。

ユーリはリーネの背負う荷物を見て、目を細めた。

「国を出るんですね」

「ああ、そうだ」

「わたくしとの決闘の約束など、どうでもいいと？」

「いや、決してそういうわけでは……」

「もういいです」

煮え切らないリーネに不満を抱いたのか、ユーリは会話を切り上げる。

緊張感のある空気が場を支配する中、ユーリは告げる。

「約束は消えません」

「えっ？」

「だから、約束はなくならないと言ったのです！　どうせ今戦っても、わたくしの勝ちに決まっています！　ミューテーションスキルがあるかなんて関係ありませんから！　だからまたいつか、貴女が実力と自信をつけた時、改めて挑みに来なさい！　コテンパンにしてあげます！」

「……ははは！」

「何を笑っているんですか⁉」

「いや、ここまで敵対心をむき出しにされたのは初めてだったのでな。つい」

「て、敵対心って貴女……いえ、そうです、その通りです！　教えておいてあげます！　わたくしの名まで落とすような失態を演じないでくださいね！」

この国の誰よりも、わたくしが貴女のことをライバルだと認めているんですから！　わたくしの名まで落とすような失態を演じないでくださいね！」

「ああ、当然だ！」

それ以上の言葉はいらなかった。

１００勝目を賭けた決闘を約束する――それはすなわち、再会を誓い合うことだったのだから。

「では、またな、ユーリ」

「ええ、リーネ」

そうして二人は別れを告げる。

それが、リーネにとってデュナミス王国での最後の思い出だった。

◇◆◇

「という出来事はあったな」

リーネの過去話を聞き、トモヤは衝動を抑えるのに必死だった。

だってそうだ。これまでの話から、リーネは自国で友人などいなかったのだと思い込んでいた。それがどうだ、誰もが羨むような最高のライバルがいたんじゃないか。

「そうか。そのユーリとやらが、リーネの親友だったんだな」

「む、親友は言い過ぎだろう。どちらかというと競争相手と言うのが近いか。ユーリはあれでもプライドが高かったからな。同世代の私に負けたくないという気持ちが一番強かったに違いない」

「……リーネさん」

「トモヤ、なぜこのタイミングでさんをつけるんだ？」

ユーリの気持ちを考えたら、何故かトモヤが心苦しくなってしまう。

同様のことをシアも思ったらしい。

「敵対視している者がいたと言うから、どんな話かと思っていたら、ただの惚気《のろけ》話だった件」

「どこをどう受け止めればそうなるんだ!?」

理解できないと叫ぶリーネだが、トモヤはその横で力強く頷く。

そんなリーネに止めを刺したのはルナリアだった。

「リーネ、わたしはリーネが言いたいことわかったよ！」

「ルナ！　やはり私の味方はルナだけだ！」

「リーネとユーリ、すっごくなかよしだったんだね！」

「ルナ⁉」

純粋無垢《むく》なルナリアまでそう感じ取ったのだ。もう間違いないだろう。

「というわけだ、諦めろリーネ。多分ユーリはただリーネのことが大好きだっただけなんだと思うぞ」

「だいすっ……そ、そうなのだろうか？　べ、別に私も彼女のことを嫌っていたわけではない。どちらかと言うと好いていたため、嬉しいのは確かだが」

「相思相愛じゃん」

「な、何を言っているんだ君は！」

顔を真っ赤にしながら、必死に否定するリーネはとても可愛らしかった。

何はともあれ、リーネにも心を許せる存在がいたことを知れてよかった。

もしかしたら、デュナミス王国で会うこともあるかもしれない。

そんな風に何気ない会話を楽しみ、時には立ち寄った町で色々な出来事を体験し――ユミリアンテ公国を出発して数週間後、トモヤ達はデュナミス王国に到着した。

デュナミス王国の王都は円状の城壁に囲まれ、北区が貴族街、西区が冒険者街となっている。

普通ならばトモヤ達は冒険者街から王都に入らなければならないのだが、今回は事情が違った。デュナミス王国、エレガンテ子爵家の一人娘であるリーネがいるからだ。

リーネが一緒にいればトモヤ達も問題なく北区側の城門から入れるということだったので四人で揃ってそちらに向かう。

するとどうだろう、城門に立っている兵士がトモヤ達に話しかけてくる。

「申し訳ありませんが、冒険者の方々は西区側の城門から入っていただくことになっています」

どうやら四人が冒険者らしい格好であること、そしてエルフ族や魔族もいることから、兵士はトモヤ達のことを王都の人間ではないと判断したようだった。

そこでリーネがステータスカードを手に一歩前に出る。

「私はエレガンテ子爵家のリーネ。こちらは私の旅の仲間だ。共に中に入る許可をもらいたいのだが」

兵士は顔を青くした。

「あ、貴女様があの……！　こ、これは大変失礼いたしました！　どうぞお入りくださ
い！」

「ああ、ありがとう」

兵士はすぐに態度を変え、トモヤ達に許可を出す。

トモヤ達が中に入った後も、後ろでは兵士が他の兵士と共にざわざわと騒いでいた。

「あの方が、王都でも名高きリーネ様か。弱冠15歳でAランク上位魔物を討伐し将来を期待されていたが、その後すぐに王都を出て行かれて、そこから消息が分からなかったという」

「すぐ王家に連絡すべきです。特にあの方はリーネ様のことを気にかけていらっしゃいましたからね」

小声だったため全ては聞き取れなかったが、リーネがこの国で有名人であるということだけは分かった。

そんな彼女が突然帰郷したのだ。すぐ町中の噂《うわさ》になってしまうかもしれない。

面倒なことに巻き込まれる前に、トモヤ達はエレガンテ家の館を目指した。

エレガンテ家の館は二つ存在しているようだった。

片方は少し小さいながら古き良さを備えており、対してもう一方はここ数ヵ月以内に建てられたのではないかと思う程に美しく、何より大きかった。

「こ、これは……」

自分の実家を久しぶりに見たリーネは、なぜか驚いたような声を漏らす。

トモヤはリーネが何に驚いているのか分からず首を傾げる。

「リーネ、何をそんなに驚いているんだ？」

「驚いている……ふふ、ふふふ、そうか、トモヤにはそう見えるのか」

「リーネさん？」

リーネは顔を下に向けながら、肩を小刻みに震わせる。怖い。かなり怖い。突然のリーネの変貌ぶりにトモヤは恐怖する。

彼女にどう接するのが正しいのか悩んでいた、その時だった。

「リーネ！　帰ってきたのか！」

大きい方の館から見知った男性――リーネの兄、モルドが飛び出してくる。

その後ろからはモルドと雰囲気のよく似た、力強い目が特徴的な四十歳前後の茶髪の男性が現れた。きっとあの男性がリーネの――

「会いたかったぞ、リーネ！」

「はっ！」

「ぶほぉ⁉」

駆け寄ってくるモルドに対して、なんとリーネは鋭い一撃を浴びせる。

モルドの体は宙を舞い、どこかで見たような軌跡を描いて地面に落ちた。

「「「え、えぇぇー」」」

トモヤ、ルナリア、シアの三人は同時にそう零《こぼ》した。

直後、ばっとモルドが起き上がる。

「おいリーネ、なぜいま私は蹴られたのだ⁉」

「自覚がないのですかモルド兄上は！　それに、父上もです！」

「……ふむ。数年ぶりの親子の感動の再会のはずが、なぜ私は開口一番叱《しか》られているのだろう。辛い」

やはりあの男性はリーネの父親――モントだったらしい。

なんだか少しお茶目に見える。イメージしていたのと少し違う。

……いや、モルドの話によると率先して『リーネちょー可愛くない？　総会議』を開いていたとのことだ。やっぱりイメージぴったりだった。

そんな感想を抱くトモヤの前で、リーネは大きな館を指差し力強く叫ぶ。

「何ですかこの新しい館は！　以前モルド兄上から、私が帰ってきた時のために父上が城を一つ建てると冗談めかして言われましたが、それを本当に実行する人がいますか！」

「……いや、その、喜んでくれると思ってな？」

「発想が理解できません。それにあのような館、どれほど金がかかったのか想像するだけで頭が痛くなります」

「その点については問題ない。無一文になったくらいで済んだ」

「全然無事じゃありません……はっ！」

と、ここでようやく後ろにトモヤ達がいることを思い出したのだろう。

いつもと違う自分を見られたのが恥ずかしいのか、リーネは恐る恐るといった様子で振り返ってくる。

それに対して、トモヤ達はこくりと頷き。

「可愛い」

「新鮮」

「たのしそうっ」

トモヤ、シア、ルナリアと、各々に感想を口にする。

リーネは顔を真っ赤に染め上げ――

「ぜ、全員、ばかぁああああ！」

リーネの全力の絶叫が、貴族街いっぱいに響くのだった。

その後、トモヤ達は大きい方の館に招待された。そして改めて自己紹介を行う。

モルドは以前にも出会ったため挨拶だけ、モントは初対面なこともあってか威厳のある振る舞いをしてくれたが……正直、数分前までの印象の方が強く、少々違和感を覚えてしまった。

エレガンテ家の男性は全員が王都の騎士団に所属しているらしく、この場にいない二人は現在そちらの仕事に取り掛かっているようだった。

男性はこれで全員だが、エレガンテ家にはもう一人女性がいた。

「あらあら、こちらの方々がリーネのお友達なんですね。初めまして、私はリーズと申します。リーネの母親ですわ」

リーネによく似た美しい赤色の髪を腰まで伸ばす美しい女性だった。

リーネの凛としたかっこ良さに対して、おっとりとした可愛らしさが特徴的だった。

確かモルドはリーネと少し年が離れており、二十代の真ん中くらいだったはず。

それを考慮すればリーズの歳もそれなりにはいっているのだろうが、それを知らなければ二十代に見えるほど若々しかった。

その後、トモヤ達も自己紹介を終えたところで、話は次に移る。

最初に発言したのはリーネだった。

「改めてお聞かせください父上、この館は本当に私のためだけに建てたのですか？」

それはどうしても問いただださなければならないことらしい。

「む……そうだな、それが大きな理由の一つではあるが、もちろん他にも理由はあるぞ」

そう前置きして、モントは館を建てるに至った経緯を話し出す。

モントは生まれながらの貴族ではない。冒険者としての成果を幾つも残し、国に様々な貢献をしたことで爵位を賜《たまわ》った。

隣にある小さい方の館は（それでも十分大きいが）、その時に爵位と共に贈られたものだという。元々は他の貴族が使っていた館らしいが、それでも平民上がりで資金力のないモントにとっては非常にありがたかったらしい。

それから時が過ぎ、リーズと結婚し何人もの子供達が生まれ育っていく中でモントはとある夢を抱いた。いつか満足な資金が集まった時、この家族が暮らすための新しい館を自分の手で建てたいと。

館を建てるのに十分な資金が集まったのはつい一年前のこと。

ただ、その時は既にリーネが家出し、いつ帰ってくるか不明だったこともあり、実際に建てると決断するには至らなかった。

そんな中、リーネとモルドが再会し勘違いを解くことができた。

そして近いうちにリーネが家に帰ってくると聞き、館を建てると決意したのだとか。

まとめると、リーネ一人だけではなく、家族全員のために建てられた館だったのだ。

話を全て聞いたリーネは、申し訳なさそうに頭を下げる。

「そうだったのですか……申し訳ありません、父上。私は誤解をしていたようです」

「そのようなこと気にしなくて構わない。私はリーネが帰ってきただけで――」

「あらあら、もっと言ってもいいのよリーネ。動機がいくら素晴らしくても、今この家が資金不足なことは確かですもの」

「リーズ、今は私の思いを聞き感動したリーネと抱擁するところだったのだ。静かにしていてもらおうか」

「いえ、抱擁はいたしませんが」

「なんだと⁉」

リーネの力強い拒絶に、モントは絶望の表情を浮かべる。

そんな風にわちゃわちゃと騒ぐエレガンテ家のメンバーを見て、トモヤはほっこりとした気持ちになっていた。

これまで見たことのないリーネの子供っぽい一面を知って嬉しいということもあるが。

ここでモントは家族だけで会話をしていることに気付いたらしく、わざとらしく咳払《せきばら》いする。

「せっかくだ、トモヤくん、ルナリアくん、シアくんだったか。君たちの話も聞かせてくれないか？　リーネとの旅で体験したことを、どうか私達にも教えてほしい」

「――はい、分かりました」

そしてその後、しばらくトモヤ達は談笑の時間を楽しんだ。

そのまま夕食までご馳走になった後、トモヤ、ルナリア、シアの三人は館の客室を借りて眠ることになったのだった。


トモヤ達が借りた客室は全部で二つ。

片方ではシアが、もう片方ではトモヤとルナリアが眠ることになっていた。

しかしお風呂に入っているはずのルナリアがいつまで経っても帰ってこないため、就寝することができなかった。

風呂場に迎えに行くわけにもいかず、じれったい気持ちで待っていると、小さな足音が部屋の外から聞こえてくる。

そして足音が部屋の前で止んだかと思えば、勢いよく扉が開かれる。

「おまたせっ、トモヤ！」

「ルナ、待ってた……ぞ……」

元気いっぱいのルナリアの声に返事をする途中、トモヤの動きが止まった。

そうなってしまうのも仕方ない光景が、トモヤの目の前に広がっていた。

ルナリアが着ていたのは、茶色いふわふわな生地の、いわゆる動物パジャマと呼ばれるものだった。一着にルナリアの全身が包まれており、なんとも愛らしい姿だった。

狼《おおかみ》をベースにしているのか、頭からはぴょこんと耳が二つ生えている。

ルナリアが頭を動かすたびにその耳も動き、この世のものとは思えない可愛らしさを生み出していた。

あまりの衝撃に意識を奪われそうになる中、トモヤはなんとか声を絞り出す。

「る、ルナ？　それはいったい……」

「えっとね、リーズにきせてもらったの！　リーネがちっちゃいころにきてたって言ってたよ！」

「――リーネが、だと？」

トモヤは思わず幼いリーネがこのパジャマを着ているところを想像する。

リーネはきっと幼い頃から圧倒的な可愛さを誇っていたに違いない。そんな彼女がこのパジャマを着た姿など、一目見ただけで間違いなく心を奪われてしまうだろう。

危なかった。今はルナリア一人だからなんとか意識を保てているが、幼いリーネと二人だったなら間違いなく意識を失っていただろう。そこにシアが加われば、命さえ奪われていた可能性がある。

嬉しいような悲しいような、そんな複雑な感情を抱くトモヤ。

だが、ルナリアの猛攻がそこで終わることはなかった。

「あ、そうだ！　えっとね、トモヤ！　リーズから、トモヤにこうしたらいいって聞いたんだ！　いまからやるね！」

「ん？　ああ」

ルナリアの言葉に、深く考えることなくとりあえず頷いておく。

ここで冷静な判断ができていれば、あのような悲劇は起きなかったのかもしれない。

トモヤが注目する中、ルナリアは両手を顔の高さまで上げ、トモヤに襲い掛かってくるかのような構えのまま。

「がおー、たべちゃうぞー」

「……が、はっ」

そのセリフを聞いた瞬間、あまりの可愛さに動悸《どうき》が激しくなり、そのまま崩れ落ちてしまう。口から魂らしきものが出ていく感覚さえした。

「えっ!?　と、トモヤ？　だいじょうぶ？」

その場に倒れ伏したトモヤを見て、ルナリアが焦った様子で駆け寄ってくる。

トモヤは朦朧《もうろう》とした意識の中、ルナリアに告げる。

「まさか、ここまでの破壊力とは……これが大天使ルナリアエルの力だというのか」

「なにゆってるのかちょっとわかんない」

一蹴されてしまった。悲しい。

ただそれからトモヤが元気を取り戻すまで、ルナリアはトモヤを膝枕し頭を撫でてくれた。ただただ幸福な時間がそこにあった。


その後、トモヤ達は一つのベッドで身を寄せ合い眠っていた。

それから何時間経っただろうか、トモヤは違和感のようなものを覚えて目を開いた。

「これは……」

すると、目の前に光り輝く手紙が浮かんでいた。魔法手紙だ。

差出人はモルドのようだ。中を読むとこう書かれていた。

『トモヤくん、至急、館の地下室まで来てくれ。重大な話がある』

「呼び出し……か？」

気付かなかったと無視することはできたが、直感的に応じなければならないと思った。

トモヤは隣で眠るルナリアを起こさないように部屋を出ると、地下室に向かう。

その途中で、なぜ自分が呼び出されたのかを考える。

答えはすぐに出た。

「違和感は初めからあったんだ」

トモヤがリーネの家族、特に父親と会った際には絶対に言われると思っていたことがあった。トモヤとリーネの関係性についてだ。

リーネの父親と兄達が、とんでもない親バカかつシスコンであるということは既に分かっている。だからこそ、年頃の娘が男性と同じパーティで寝食を共にしていると聞き、何も思わないはずがない。

だが、お茶会や夕食の場でもそういった話題が出ることはなかった。

その時トモヤは違和感を覚え、そして確信に至った。彼らはリーネのいる場所での尋問を避け、別の場所を用意してくると。それが今なのだろう。

地下室の前に辿り着いたトモヤは、一度深呼吸をする。そして扉をノックした。

「入りなさい」

モントの重々しい声が返ってくる。やはりモルドだけでなく他の家族もいるみたいだ。

「失礼します」

トモヤは覚悟を決めて扉を開け、中に入った。

地下室は全体的に薄暗く、部屋の中心には円卓が置かれていた。

そしてそこには四人――モントにモルド、そして夕食の場で挨拶を交わした次男のモリアに、三男のモールがいた。名前が似ててとても覚えにくい。

ここにいる全員が神妙な面持ちを浮かべている。やはり想像は正しかったようだ。

「トモヤくん、かけなさい」

「はい」

モントに促されるまま、最後の空席に座る。

――さあ、ここからが本番だ。

きっとここから彼らはトモヤに様々な質問を投げかけてくる。その大まかな内容としては、リーネに何か失礼なことをしていないかを聞かれるだろう。

でも心配はいらない。やましいことをした覚えがないならば、真正面から正々堂々と答えればいいのだ！

トモヤはリーネとの輝かしい日々を思い出す。

初めて共に受けた依頼ではリーネの水浴びを覗《のぞ》き、海水浴では裸になったリーネの下敷きになり、アトラレル海の船上ではリーネと添い寝して……

（あっ、詰んだ）

思い返してみれば、なかなかまずいことを色々とやらかしていた。

どうしよう。誤魔化すべきだろうか。しかしそれは誠意のない対応だろう。

万事休す。このような状況にトモヤを追い込むとは、エレガンテ家の男性諸君はなかなか強者《つわもの》ぞろいみたいだ。

などとどうでもいいことを考えている間に、モントが話を始める。

「全員が揃ったことだ。それではこれより――」

これより始まるのは、彼らからトモヤへの糾弾。

こうなってしまえば仕方ない。トモヤはそれらを受け止める覚悟を決めて――

「――第1252回、『リーネちょー可愛くない？　総会議』を執り行う！」

――全然違った！

まさかの展開に頭が真っ白になるトモヤの前で、モントは続ける。

「リーネが家を出てから激減していたこの会議だが、今回は強力な助っ人が来てくれた。私達が知らないリーネの冒険者時代を知っているトモヤくんだ。此度《こたび》はよろしく頼む」

「は、はあ……え？」

「なに、心配はいらない。こちらから一方的に情報を聞き出したりはしないよ。トモヤくんにはリーネの可愛すぎる幼少期の話を色々と教えてあげよう。これは間違いなく双方に利点のある話だ」

「それはまあ……確かに？」

そこまで力強く断言されてしまうと、正しく聞こえてきてしまう。

確かにトモヤもリーネの幼少期の話を知りたいし……って違う！

「えっと、俺はその目的で呼び出されたんですか？」

「む、そう理解して来たのではなかったのか？　ではいったい何の話し合いが行われると思っていたのだ？」

「リーネと一緒のパーティで唯一男の俺に、二人の関係などを聞かれるものかと……あ」

しまった、わざわざ言わなくてもいいことを自分から言ってしまった。

しかし、モントは落ち着きながら首を横に振る。

「案ずることはない。事前にモルドから二人が恋仲だとは聞いてある」

「いや違うんだけど」

「む、否定するか。まあ恥ずかしがるのも無理はないな。はっはっは」

（全然話聞いてくれないいんだけどこの人！）

何だか、リーネとモント達がすれ違った原因が垣間見えるようだ。

モントは「ごほん」と咳払いをする。

「なんにせよ、君達が恋仲であるかそうでないかは私が意見するところではない。私達はリーネを信じている。すなわちリーネが選んだ相手であれば私達も信じるということだ。それに反対意見を述べたりはしないよ」

「モントさん……！」

親として立派な考え方だ。トモヤはモントを深く尊敬する。

「まあ反対したところで結局リーネは自分の意見を貫くし、戦ったところで既に私達よりリーネの方が圧倒的に強いし、何より嫌われたくないからな……」

一気に尊敬の気持ちがなくなった。なんなら少しかっこ悪いと思ったまである。

「まあその辺りの話はもういいだろう。そろそろ本題に入ろう」

そういうモントには悪いが、リーネに黙って彼女のことを話すわけにはいかない。

トモヤは参加を断るべく立ち上がった。

「申し訳ないですが、俺は――」

「ふむ、そういえば今日ルナリアくんはリーネが昔着ていた寝巻を着ていたのだったね。よし、ではまずはリーネがあの寝巻を初めて着たときの話はどうかな。可愛らしいものを身に纏うことに対して恥ずかしがりながらも嬉しそうなその表情はどう表現すればいいか――」

「――朝まで話す覚悟はできています。よろしくお願いします」

うん、仕方がない！　常日頃からお世話になっている人の家族の願いは叶えるべきだしね！

そんなこんなでトモヤ達は朝日が昇るまでリーネの可愛いところを話し合うのだった。

◇
◆
◇

「ふあぁ～」

「む、どうしたトモヤ、寝不足か？」

「り、リーネ!?　いや、別に大丈夫だ」

「そうか？　ならいいのだが」

リーネにうまく誤魔化してテーブルに着いた後、朝食を頂く。

「おいしいねっ！」

「そうだな、ルナ」

隣に座るルナリアは既に動物パジャマを脱いでいる。

寝る時用の服だから当たり前なのだが、なんだか物寂しい。

さらにその横では、シアが朝食から肉料理があることに驚きながら、恐ろしい速度で食べていた。

「シア、食べ物は逃げないんだ、もっと落ち着いて食べよう」

「……本当に、そう思っている？」

「っ、まさかお前……！」

シアの鋭い眼光が、まだ手を付けていないトモヤの皿に向けられる。

まさか本気で奪おうとしてはいないと思うが……シアならやりかねないと考え直したトモヤは先にそちらを食しておくことに。

「ふふっ、やっぱり若い人たちは楽しそうでいいわね」

そんなトモヤ達の様子を見ていたリーズが、くすくすと笑いながら言った。

「すみません、騒いでしまって」

トモヤは頭を下げた。

「あら、いいのよ。見ていたらこっちまで元気をもらえるから……あら」

「お食事中申し訳ありません、奥様。緊急の用件が」

食事をしているリーズのもとに、使用人が焦った様子で駆け寄り、小声で何かを囁く。

うっすらと聞こえる話から察するに客人が来たようだ。

その話を聞き終えたリーズは「あら」と呟く。

「まああ、それは本当？　すぐに準備を整えて向かうので、応接室の方にお連れしてもらってもいいかしら」

「いや、それが実は――」

使用人が何かを言おうとした、その瞬間だった。

「ようやく、ようやく会えましたね――リーネ！」

気高く、それでいて女性らしい可憐《かれん》さを含んだ声がダイニングいっぱいに広がった。

部屋の全員がその声を発した人物に顔を向ける。大きく開かれた扉の前に彼女はいた。

きめ細かい白雪のような肌に、紫水晶のごとき輝きを秘めた双眸《そうぼう》。

艶《つや》のある美しい桃色の髪は腰元まで伸ばされ、頭には黒色のヘアバンドを着けていた。

さらには簡素ながらも上質な素材を使用した、高貴さと機動性を兼ね備えた服を身に纏っている。

「君は――」

そんな彼女を見て、リーネは驚いたように言葉を失う。

それを見て、彼女は桃色の髪を靡かせながら不敵に笑う。

「ふふっ、どうやら驚きのあまり声を失っているようですね。いいです、初見の方もいるようですし、改めて自己紹介をして差し上げます。わたくしはデュナミス王国、第一王女である――」

「ユーリだな」

「ユーリ」

「ユーリだっ！」

「――って、なぜ貴方達が言うのですか!?　そもそも初対面ですよね!?　何故わたくしの名前を知っているのですか！」

トモヤ、シアン、ルナリアが同時に名乗りを遮ったことで、彼女――ユーリは不満げにそう叫んだ。

彼女はトモヤ達が自分のことを知っていることに驚いているようだが、むしろトモヤこそ逆に少し驚いていた。何故なら、以前リーネが語っていたユーリの特徴と、今目の前にいる彼女の特徴はぴったり一致していたのだから。

見た目はもちろん、その行動についてまで。

学び舎時代、ユーリから積極的にリーネに絡んでいたと聞いたが、今回についてもわざわざこんな朝っぱらから単身突入してくるなど……どれだけリーネのことが好きなんだと思わずツッコみたくなる。

その衝動を必死に抑えて、トモヤはユーリの疑問に答える。

「いや、実はリーネから貴女の話を聞いたことがありまして。その時に聞いた特徴に似ているなと思ったんです」

「なるほど、そういうことですか……と、ところで、リーネはわたくしについて何と申していましたか？　し、失礼でなければお聞きしても？」

恥ずかしそうに頰《ほほ》を赤くしながら、ユーリはちらちらとトモヤの顔を見る。

リーネがトモヤ達にユーリのことをどう説明したのか、つまりはユーリのことをどう思っているのかかなり気になっているらしい。

やっぱりリーネのこと大好きじゃん。そう思いながらも返事をしようとすると、リーネが話を断ち切るように「ごほん」と咳払いする。

「その話は後でいいだろう。まだ挨拶も済んでいないんだ」

「た、確かにそうですね。改めて、わたくしはユーリ・フォン・デュナミス。ここデュナミス王国の第一王女です」

丁寧に自己紹介をするユーリに、トモヤ達も応じる。

「リーネと同じパーティのトモヤ・ユメサキです」

「シア・エトランジュ。よろしく」

「ルナリアだよっ！」

「トモヤさま、シアさま、ルナリアさまですね、よろしくお願いします。それからわたくしと話す際に敬語などは必要ありませんので、どうぞいつものように話してください」

シアとルナリアはいつも通りだった。これはトモヤに向けて言っているのだろう。

「分かったよ、ユーリ」

そう返すと、ユーリは満足気に頷いた。

一旦場が落ち着く中、リーズが言う。

「うふふ、お互いの自己紹介は終わったかしら？　それでユーリさま、本日はどのようなご用件でいらっしゃったのですか？　第一王女ともあろうお方がこんな朝早く、それも護衛もつけずに単独でなんて」

「り、リーズ夫人？」

リーズは表情と声こそ穏やかだが、目の奥は笑っていなかった。

貴族のことには詳しくないが、恐らくリーズが今言った内容は貴族としてマナー違反なのだろうとトモヤは判断した。

現にリーズよりも圧倒的に立場が高いはずのユーリの方が相手からわざとらしく目を逸らしていた。

途中、何かを思いついたようにユーリはぽんっと手を叩く。

「そ、そうです！　トモヤさまたちはまだこの国にやって来たばかりですよね？　せっかくです、わたくしが王都を案内して差し上げましょう！」

「む、私に用事があって来たのではなかったのか、ユーリ？」

「それについては後です！　今はすぐにでもここから撤退する方が大切です！」

「あらあら～ずいぶん嫌われちゃったようね、うふふ」

本気か冗談か分からないリーズの言葉を聞き、トモヤは底知れぬ何かを感じ取る。

そう、直感が彼女には決して逆らってはいけないと告げるのだ。

「ねぇねぇトモヤっ、まちを見てまわるの、たのしみだねっ！」

まだそういった機微に疎い純粋無垢なルナリアは、ユーリの申し出を素直に受け取ったようだ。可愛い。

その後ユーリに急《せ》かされるままに、トモヤ達は館を後にするのだった。

「相変わらず、リーズ夫人の圧力には敵う気がしません」

外に出るや否や、ユーリは大きく息を吐いてそう言った。

そんなユーリを見て、リーネは眉をひそめる。

「君ともあろうものが、なぜ母上に対してそれほど恐怖心を抱いているんだ？」

「虫も殺さぬような笑顔を浮かべたかと思えば、こちらの心を抉《えぐ》る鋭い一言を告げてくるのです。リーネが国を出てから何度かお話しする機会があり、わたくしは学びました。あの状態のリーズ夫人には近づかないのが吉です」

「人の母親に対して随分な物言いだな。そもそもユーリと母上が話す機会というのが私にはあまり想像できないのだが、いったい何があったんだ？」

「それは……ひ、秘密です！　別にリーネの近況を知っていないか確認するために、かなりの頻度でエレガンテ家にお邪魔しに行き苦言を呈されたりしていませんからね？」

まさかのツンデレ発言、これは確実に行っているパターンだとトモヤは判断した。

「む、その言い方だとまるで本当は行っているように聞こえるが。そうか、君は――」

「うっ」

驚くことに、リーネもユーリの発言が嘘であると察したようだ。

しまったという表情を浮かべるユーリの前で、リーネは自信満々に告げる。

「――君は私をライバル視していたからな。別れた際にも言っていたように、１００勝目を賭けた決闘を一刻も早く執り行いたかったんだろう。それで私の近況が気になったというわけだな」

「……はあ、身構えたわたくしが愚かでした。リーネは昔からこうでしたね」

「待ってくれ、なぜ私の方が呆れられているんだ？」

「自分の胸に聞くといいです」

数年間会っていなかったという事実を忘れてしまうほど、楽しそうに軽口を叩き合うリーネとユーリ。

リーネは否定するだろうが、やっぱり二人はかなりの仲良しだった。

このままずっと二人の会話を聞いているだけでも楽しいのだが、自分達の存在を忘れられたまま盛り上がられるのも困ってしまう。

トモヤは二人にも聞こえるように咳払いする。

「えっと、仲がいいのは何よりなんだが……二人とも、俺達がいるのを忘れてないか？」

「「あっ」」

リーネとユーリは同時に顔を赤くすると、すすーっとお互いに距離を取る。

「け、決して忘れていませんよ？　ではそろそろ行きましょう」

「そ、そうだ、皆も遅れるなよ！」

素早く意識を切り替えたユーリとリーネが先頭に立ち、先に歩いていく。

トモヤ達は顔を見合わせて軽く笑った後、二人の後を追うのだった。


トモヤ達がユーリに連れて来られたのは、貴族街を抜けた先に広がる平民街だった。

豪奢《ごうしゃ》な雰囲気を放つユーリは明らかに町の雰囲気に合っていない。

周りの平民たちからは敬遠されてしまうのではないか、そう思うトモヤの前では予想外の光景が繰り広げられていた。

「あっ、ユーリさま、おはようございます！」

「ええ、おはようございます」

「ユーリさま、この前の魔物討伐への協力、とても助かりました！　おかげで俺たちは無事に過ごせてますよ！」

「それは何よりです。また困ったことがあればいつでも頼ってくださいね」

このように、平民と思わしき町行く人々が次々とユーリに話しかけるのだ。そしてそれに対してユーリも丁寧に返事をする。

その光景を意外に思っているのが伝わったのか、ユーリは顔をトモヤに向ける。

「何か不思議なものを見たような顔をしていますね」

「そんな顔になってたか……貴族、それも第一王女であるユーリと町の人々が普通に話してるから、ちょっと驚いてるんだ」

「確かに他の国では考えられないことかもしれませんね。トモヤさまは、デュナミス王国が実力を重視すると聞いたことがありますか？」

「ああ、成果次第では貴族になれることもあるって聞いた」

トモヤは以前リーネから聞いた内容を思い出しながら頷く。

「トモヤさまの言う通りです。そういった慣例があるためか、我が国では貴族と平民の距離が他国に比べてとても近いのです。例えば王都では近隣に強力な魔物が出現した際、騎士団と冒険者の方々が協力することも少なくありません。そういった出来事を経て、我が国では貴族と平民の信頼関係が強まるのです」

「なるほど」

どこの国でも貴族の方が圧倒的に立場が上だと考えていたトモヤにとって、それはかなり衝撃的な話だった。

「いい国なんだな」

「はい、わたくしが自信を持って断言します。とはいえ、実力至上主義であることから発生する問題があることはあるのですが……」

ユーリは落ち込んだようにそう告げるが、物事には表裏がある。いい面があればその逆に悪い面があるのも普通のことだろう。

悪い面が何であるかは分からないが、少なくともトモヤには国民同士の仲が良好なこの国は素晴らしく思えた。

そのまま歩き続けていると、出店が立ち並ぶ区画に入る。

美味しそうな料理が並ぶ中、目を輝かせるのはシアとルナリアだ。

「これを一つ」

「わたしはこれっ！」

シアはレッドボアの肉串を、ルナリアはフール飴を購入する。

これまでの旅の中で分かったことだが、こういった出店を最も楽しむのはあの二人だ。シアは純粋に料理の美味しさを求めて、ルナリアは外で歩きながら食べること自体に楽しさを感じているみたいだ。

「もぐもぐ、これはなかなか」

中でもシアは肉料理とあらば手当たり次第買うので当たり外れが激しいのだが、今回は当たりだったようで満足そうに目を細めている。

「トモヤっ、これおいしいよ！　ひとくちどうぞっ！」

「ありがとう。うん、うまいな」

ルナリアが買ったフール飴も美味しかったようで、嬉しそうにトモヤに勧めてくれる。

飴のカリっとした食感に、フールのみずみずしい甘みが合っていてとても美味しかった。

ルナリアはその美味しさをもっと分かち合いたいと思ったのか、そのままリーネにも差し出した。

「はい、リーネもどうぞっ！」

「ん？　ああ、ありがとう」

リーネは差し出されるまま反射的に一口食べる。

それがさっき自分の齧《かじ》った場所であると気付いたトモヤの鼓動がどくんと大きくなる。

（待て、落ち着こう、俺）

どうやらリーネはその事実に気付いていないみたいだ。そんな中、トモヤ一人が動揺していたら明らかに変だろう。

そう自分に言い聞かせ落ち着きを取り戻すトモヤだったが、ふと自分に向けられる視線に気付いた。

最初はシアかと思ったが違った。ユーリが何かを疑うような目でトモヤを見ていた。

そして何かをぽつぽつと呟く。

「他にメンバーがいるとはいえ、あのユーリが殿方と同じパーティを組んでいる時点で疑問を抱いてはいましたが、まさか本当に……？」

「む、ユーリ、突然下を向いてどうかしたのか？」

「い、いえ、何でもありません。まだそう決めつけるには早いですからね」

「？　まあ、君がそう言うなら私は構わないのだが……」

ユーリが何を言っているのかは聞こえなかったが、何か変な勘違いをされていそうなことは分かった。

その認識違いが今後面倒なことに繋《つな》がらなければいいんだが、そう思うトモヤだった。


さらにユーリによる町の紹介を聞きながら歩くこと数分、トモヤ達はとある場所に辿り着いた。

町の中心に造られた、巨大な円形の広場。それだけならどこの町にあっても不思議ではないが、普通とは違う点が大きく二つ存在していた。

その一つは、広場の中心に建てられた巨大な銅像だ。銅像の男性はまっすぐ立った状態のまま両手で剣を握っている。

「これは……」

「すっごくおおきいねっ！」

「かなり目立っている」

当然、トモヤ達はその銅像に目を奪われた。

その様子を見たユーリは、少しだけ楽しそうに笑う。

「あちらの銅像に興味を持っていただけたようで何よりです」

「何かを祀《まつ》っているのか？」

「はい――剣神《けんしん》を」

「剣神？」

何とも中二心をくすぐられる響きに、トモヤは興味を持たずにはいられなかった。

「剣神とはいっても、実際の神ではないのですが……この国の者にとっては、神以上の崇拝対象といっても過言ではないでしょう」

「どういうことだ？」

「それを説明するためにはこの国の歴史から語る必要があるのですが……少し長くなりますが、聞いてくださいますか？」

そう前置きして、ユーリはゆっくりと語り始めた。

千年以上前、現在デュナミス王国が存在する一帯には数々の小国が乱立していた。

常に争いが絶えることなく、敵対し合っていた各国だったが、とあるきっかけにより争いは終結することになる。

そのきっかけとは、各国が平和のためには争いをするべきではないと気付いた――などという心優しい理由ではない。

戦争などしている余裕のないほどの脅威が襲い掛かってきたからである。

その脅威とはすなわち、東大陸全土を滅ぼせるだけの力を持った災厄――炎魔《えんま》イフリートの出現であった。

魔物とはまた違う、純然たる魔力によって生み出された――どちらかと言えば精霊に近いかもしれない――イフリートは、Sランク魔物さえ凌駕《りょうが》するほどの力を有していた。

この脅威を前に、各国は一時的に休戦しイフリートに応戦すると方針を決めた。

しかしイフリートの強大な力の前には、各国の優れた実力者達が揃っても一切歯が立たなかった。

大地は焼かれ、山は抉られ、誰もが死を覚悟したその時、一人の青年がその地に足を踏み入れた。その青年こそが、やがて剣神と崇《あが》め奉《たてまつ》られるようになる人物であった。

青年の剣技はまさに剣神と称されるに相応しい技量で、イフリートと渡り合えるほどの実力もあった。

青年は長きにわたるイフリートとの戦いの末、討伐こそ叶わなかったものの、封印することに成功する。

その後、イフリートの脅威から救われた各国は青年を英雄として崇め、王として仕えることを決めた。それをきっかけとして、今のデュナミス王国の前身となる国家ができあがった。青年の偉業は国の名が変わっても変わらず語り継がれ、やがて剣神として崇め奉られるようになった。

そして青年の偉業と共に引き継がれるものがもう一つ存在する。国に本物の脅威が迫った時、それを救うことができるのはどれほど優れた為政者でもなく、ただただ純粋に武を極めた実力者であるという言い伝え。

そういった経緯から、デュナミス王国は今でも実力至上主義を貫いている。

「――と、ここまでがデュナミス王国の歴史と、剣神の像が祀られている理由です。ご理解いただけましたか?」

「ああ、説明ありがとう、ユーリ」

ユーリの話を聞き終えたトモヤは、満足感とともに礼を告げる。

純粋に話が面白かったのはもちろん、デュナミス王国が実力至上主義になったのにはそういう経緯があったのかと、歴史が紐解かれていく過程を楽しむことができた。

ただ少しだけ気になる点があった。剣神の話を聞いた時、何かが引っかかったような気がしたが……恐らくは気のせいだろう。

もう一つ気になった部分について質問させてもらおう。

「一つ訊きたいことがあるんだがいいか?」

「はい、なんでしょう」

「炎魔イフリートが封印されたって話についてだけど、その後は封印が解かれたりはしなかったのか?」

「そこに気付くとは鋭いですね。結論として封印は解かれていないのですが、実は現在イフリートは剣神と対をなす存在として崇められています」

「どういうことだ？」

自分の国を滅ぼそうとした存在を崇めるようになる経緯をトモヤは想像できなかった。

「イフリートは魔力によって生み出された存在であることはお話ししましたよね？　破滅の力を有していたのは、あくまでイフリートの持つ側面の一部に過ぎなかったのです。そこが意思を持った魔物との違いですね。剣神はその破滅の側面を抑え込んだ上で、王家に代々伝わる宝剣にイフリートを封印しました。その後、イフリートの保有する潤沢な魔力は宝剣から大地に注ぎ込まれることになり、土地の発展に大きく力を貸してくれました。現在我が国が豊かなのは、イフリートの魔力によるものが大きいと言われています」

「なるほど」

一周回って土地神のような存在になったということだろう。トモヤは納得して頷く。

なんにせよ、これで剣神について聞くべきことは全て聞いた。他に質問するべきことは思い当たらない。

となると話は最初に戻る。トモヤがこの広場に来て気になったことは二つある。

一つは剣神の銅像。そしてもう一つは――

「……もしかしてこの広場で行われている戦闘の数々は、今の話に関係していたりするのか？」

「……ええ、残念ながら」

ユーリは疲れ切った表情で頷いた。

そう、今この広場では十組を超える人々が剣を振るい戦っていた。

命を奪うような過激なものではないようだが、異様な光景だった。

「こちらが、先ほどわたくしが述べました実力至上主義による弊害です。我が国では、議論の際互いに非がない上で決着がつかない際は、決闘を以て解決するべきだという教えがありまして……そのため、常日頃から数えきれないほどの決闘が行われているのです」

「ほう……」

話し合いで決着がつかなければ決闘でとは、かなり振り切った決まりのようだ。

リーネが家出する際に家族を腕っぷしで黙らせたと聞いた時はなかなか過激だと思ったが、こういった背景があるのなら納得できる。

脳筋だと思っていてすまないと、心の中でトモヤは謝った。

「リーネとユーリも、そうやって決闘ばかりしていたの？」

二人に対してシアがそう尋ねる。

「いや、私達は主張を貫くためというよりは単純に力比べのためだったから、模擬戦といった方が合っているだろう。なあ、ユーリ？」

「むぅ……ふんっ、そんなこと知りません！」

「何をそんなに怒っているんだ？」

相変わらずというべきか、痴話喧嘩《ちわげんか》を繰り広げる二人。

その時、広場がざわざわと賑わい始めた。

「なんだ？」

突然のことに驚き辺りを見渡すと、全員が同じ方向を向いているのに気付いた。

そちらを見ると、立派な銀色の鎧に身を包んだ者達がいた。広場にいる人々は、歓声と共に彼らを迎え入れる。

「王国騎士団の皆様、任務お疲れ様です！」

「先頭にいるのは副団長のリンク様よね？　今日も素敵！」

「いつもありがとうございます！」

男性達は歓声を受けながら、自信に満ちた表情で歩いていく。

その途中、先頭にいた金髪の男性がこちらを見て動きを止める。

何かに驚いたように、赤色の目を大きく見開いていた。

「申し訳ありません、少し待っていてください」

男性は後ろにそう断った後、一人集団を抜けて近付いてくる……こちらに。

そんな男性に対して真っ先に反応したのはユーリだった。

「お兄さま！」

「やあ、ユーリ。こんなところにいるとは驚いたよ。一緒にいる彼らは……っ」

ユーリからお兄さまと呼ばれたその男性は、リーネに視線を向けたタイミングで動きを止める。

すっと体勢を整えた彼は、リーネに礼をするように軽く体を曲げる。

「お久しぶりですね、リーネ。私のことは覚えていますか？」

「……もちろんです、リンク殿下」

対するリーネも、同じように挨拶を返す。

その後、すぐにリンクと呼ばれた男性はトモヤ達に顔を向ける。

「挨拶が遅れてしまって申し訳ありません。私はデュナミス王国第一王子、そして王国騎士団の副団長を務めています、リンク・フォン・デュナミスです。以後お見知りおきを」

ユーリが兄と呼んでいる時点で分かっていたが、やはり彼はこの国の王子らしい。

失礼があってはいけない。トモヤは姿勢を整え挨拶をする。

「初めまして、トモヤ・ユメサキです」

「っ、そうか！　貴方がトモヤなんですね！」

「っ」

名乗った瞬間、リンクは勢いよくトモヤの手を握る。

「モルドから話は聞いています。ユミリアンテ公国でSランク認定された冒険者というのは貴方のことですね？」

「はい、そうですが……」

「やはりそうですか！　私は王族としての公務の傍《かたわ》らこうして騎士として活動していまして、それなりに実力には自信がありますが、それでも冒険者基準で言うところのAランク止まりでして。貴方のような実力者とこうして出会うことができて感激です」

「は、はあ……それはどうも」

なんだろうか。好意を向けられていることに喜んでもいい状況にもかかわらず、トモヤは素直にそう受け取ることができなかった。

言葉にするのが難しい感覚的な問題だが、なんとなく、リンクの笑顔に違和感を覚えたのだ。

「っと、これは申し訳ありません」

リンクは自分がトモヤの手を強く握っていることに気付き、謝りながら離した。

「色々とお聞きしたい話はあるのですが、それより先に他のお二方とも挨拶を済ませておかなければなりませんね。お名前をお聞きしてもよろしいですか？」

「……シア・エトランジュ」

「ルナリアだよっ！」

「シアにルナリアですね。ぜひこれからよろしくお願いします」

「リンク様、そろそろ」

自己紹介を終えたタイミングで、リンクのもとに他の騎士が来てそう囁く。

「そろそろ戻らなければならないようです。色々としたい話はありますが仕方ありませんね。ユーリもあまり遅くならないうちに帰ってくるんだよ」

「も、もちろんです。子ども扱いしないでください」

「私からしたらユーリはまだまだ子供だよ。それからリーネ、貴女とは夜会《やかい》で話す機会を設けられそうですから、その時を楽しみにしています。それでは」

「うっ……ぜ、善処します」

夜会という気になる単語を残し、リンクはこの場を去っていく。

この国の第一王子との突然の遭遇だったが、特に何かが起きることもなく挨拶を終えることができた。

第一王子ということは次期国王に最も近い人物なのだろう。そのせいかとても社交的な人だったなという感想を抱く。

リーネ達に向き直ろうとした、その時だった。

「――――！」

何か嫌な気配を感じ、トモヤは背後を振り返る。しかし特に気になる何かは見当たらなかった。

「いきなりどうしたんだ、トモヤ？」

「……いや、何でもない」

気のせいだったと結論付けたトモヤは、リーネの問いにそう答える。

その後、皆で会話を続ける中で、トモヤは嫌な予感がしたということすら忘れてしまうのだった。

◇◆◇

銀色の鎧に身を包んだ金髪赤目の男性――リンクは、トモヤ達と別れてすぐ、十分に距離を置いた場所からもう一度だけ振り向いた。

リンクは先ほどまでとは全く異なる表情を浮かべていた。

「彼がリーネと同じパーティを組んでいるというトモヤですか。話には聞いていましたが……やはり不快ですね」

その赤色の目は、憤怒《ふんぬ》の色に染まっていた。

「ですが、それでも今は構いません」

リンクは視線をトモヤからリーネに向けると、にぃっと口角を上げる。

ようやく、ようやく再会することができた。

三年前、心から欲したいと思い、その日からずっと追い続けてきた彼女と。

「くく……くくく」

「？　どうかしましたか、リンク様」

「いえ、なんでもありませんよ」

しまった。あまりの歓喜に、周囲に人がいるにもかかわらず笑みが零《こぼ》れてしまう。

リンクは社交用の笑顔を浮かべて、他の騎士の疑問をかわす。

だが、その目の奥は決して笑っていなかった。

普段通りの振る舞いをしながらも、リンクは心の中で強く思う。

今度こそ、彼女を逃しはしない。

そのためならば彼女の大切なものを全て壊しても構わないという、歪んだ決意と共に。

第四章　夜会にて

　リンクとの遭遇後、もうしばらく町を散策した後、ユーリと別れてエレガンテ家の館に戻ってきたトモヤ達は、リーネとリーズから夜会について説明を受けていた。

「夜会というのは年に数回王宮にて行われる貴族内での社交の場のことですよ。次の夜会は一週間後に迫っているんです。それのことを言っていたのではないかしら？」

　そういう行事があるのかと納得したトモヤ達に対して、リーネは不満げな表情を浮かべる。

「しかし母上、私は何年もこの国から離れていました。今さら夜会に出る必要はないと思うのです」

「あらあら、残念だけどリーネ、貴女がここに帰ってきたという情報は既に王都中に広がっているし、夜会に出ることは当然のものとされているのよ。その証拠に、ほら」

　リーズはそう言って一枚の手紙を出す。

　どうやらそれは王家から送られてきた夜会への招待状のようで、確かにリーネの名前が書かれていた。

「くっ……！」

それを見たリーネは悔しそうに呻《うめ》く。

「それだけじゃないわ。夜会以外にもお茶会のお誘いが山ほど届いているの。全てとは言わないけれど、幾つかには付き合ってもらうわ」

「母上！　そんなことを勝手に決められても困ります！」

「心配しなくても、縁談を目的としたものは既にお断りしています。これで安心ですね、トモヤさん？」

「っ、ごほっごほっ」

トモヤは突然矛先《ほこさき》が自分に向いてきたことに動揺してせき込んだ。

「やはり家族公認……侮れない」

「ふえっ？」

シアはシアでよく分からないことを呟き、ルナリアはよく理解できなかったのか可愛らしく小首を傾げている。

そんな中、リーネが勢いよく立ち上がる。

「は、母上！　縁談とトモヤに何の関係があるのですか！　からかうのは止めてください！」

「あらあら、うふふ。そんなに顔を真っ赤にしちゃって説得力に欠けているけれど……分かったわ、気を付けます。その代わり、お茶会には出てくれますね？」

「はあ……分かりました。その代わり、どの家の誘いを受けるかは私にも決めさせてください」

「それはもちろんよ……とまあ、そういうことなの。トモヤさん、シアさん、ルナリアさん、申し訳ないのですがこれから数日はリーネ抜きで行動してくれるかしら？　町の案内が必要なら使用人を付き添わせますが……」

「いえ、大丈夫です」

ユーリの案内のおかげで、町のことはおおよそ把握できた。トモヤ達三人だけでも問題はないだろう。

むしろ問題があるとしたら、トモヤ達ではなく――

「……応援はしてるぞ、リーネ」

「むぅ」

――恐らく、あまり好きではないお茶会に参加させられるリーネの方だろう。

何と言っていいのか分からずとりあえず声援を送ってみたが、リーネはぷくぅと頬《ほほ》を膨《ふく》らまして反抗的な視線を向けてくる。

実家だからだろうか、いつもより子供らしいリーネを見てほっこりしてしまうのを何とか顔に出さないように意識しながら、その場を乗り切った。

その後は、そのままゆったりとした時間を楽しむのだった。


翌日。昨日リーズが言っていた通り、リーネは予定が詰まっているとのことだったので、トモヤ達だけで外に出かけることにした。

「ルナ、シア、どこか行きたいところあるか？」

「みんないっしょなら、どこでもうれしいよっ！」

「私も、どこでも平気」

「そうか、だったら適当に歩いていくか」

「うんっ！」

「分かった」

そんなわけで、トモヤ達は特に目的地を決めることなく歩き始めるのだった。

◇◆◇

王宮の一室。デュナミス王国第一王子リンク・フォン・デュナミスは、その薄暗い部屋の中で一人、昔のことを思い出していた。

リンクは幼少期から、自分が特別な存在であると理解していた。

王族であるということを差し引いても、整った容姿、優れた頭脳、そして何より圧倒的な武力を有していた。

そんなリンクが周囲の人間を劣った存在であると判断するようになってしまったのは、当然のことだったのかもしれない。

とはいえその思考を表に出す程、リンクは愚かではなかった。

面倒ごとを避けるため、他人からは好意を抱かれるよう心掛けた。自分の長所をうまく利用してやれば、簡単に他人の信用を得ることができた。

その過程でリンクに心酔するものさえ出始めた。初めはそれを心地よいと感じていたリンクであったが、すぐに嫌悪《けんお》するようになった。その理由としてまず第一に、リンクより優れた才能を何一つ持たない相手に魅力を感じなかったこと。さらにそのような者達が自分の思い通りに動いたところで人形と同じようにしか思えなかったのだ。

リンクの人生は、どこまでいっても退屈続きだった。

そんな中、あの事件が起きた。

三年前のある日、突如として王都にAランク上位魔物が現れたとの報告があった。

先に対応に当たっていた騎士達は敗れ、救援を求められたリンクはその場に駆け付け、そして目撃したのだ。

当時、まだ15歳だったリーネがたった一人でAランク上位魔物を討伐する姿を。

衝撃を受けると同時に、リンクはそんな彼女を見て美しいと思った。

Aランク上位魔物を単独で討伐したリーネの実力は、間違いなくリンクを上回る。

これまで、自分より遥かに劣った者達――人形を思い通りに動かせたところで感情が揺れ動くことはなかった。

しかし、リーネのように自分より優れた才能を持つ存在ならば、話は別だ。

気高く美しいリーネという存在に対して、リンクは強くこう思ったのだ。

――ああ、彼女を自分のものにして、尊厳を踏みにじってみたいと。

その事件の後、リンクはすぐにその願いを現実のものとするために計画を練った。

しかし計画が練られ、いざ実行しようと思った直後、なんとリーネは国を飛び出した。

あの時の感情は今でもはっきりと覚えている。憤怒と屈辱と絶望が入り混じった、とても一言では言い表せない禍々《まがまが》しい何かだ。

だが、それでもリンクは諦めなかった。

東大陸全体に情報網を張り巡らせ、リーネの情報を追った。

さらには彼女が帰ってきた時のために、幾つかの計画を用意した。

そして先日、とうとうリーネが王都に姿を現したという話が入った。

長年の悲願を叶える絶好の機会。だが、それを前にしてただ歓喜することはできなかった。

帰ってきたリーネの隣には、ある男がいたから。

「トモヤ・ユメサキ……！」

調べによると、Sランクというリンクをも上回る実力を持つ男性だ。

そんな輩《やから》が、なんでもリーネと長い間パーティを組み共に旅をしていたらしい。

二人がどのような関係かまでは確認できなかったが、男女である以上は何もないと断言することはできない。

これまでリンクがリーネに抱いていた感情を侮辱されたような、屈辱的な気分になる。

リーネを手に入れることを前提に置き、その上で彼らにも制裁を下すべきだろう。

自分の決意を改めて確認するリンク。

いつの間にか部屋の中に入ったのか、そんな彼の前に、ローブに身を包んだ複数の男女が跪《ひざまず》いていた。

「リンク様、お呼びでしょうか」

「ええ、よく来てくれましたね」

リンクは満足気に頷き、揃ったメンツを見渡す。

彼らは国王と王位継承権第一位――すなわち王太子であるリンクのみが把握している集団、ロイヤル・エグゼキューターだ。それぞれに秀でた特技を用い、表には出せないような手段を用いて様々な目的を遂行する部隊である。今回は彼らを利用するとリンクは決めた。

「集めてきた情報を教えてください」

「はっ。リーネ様のパーティメンバーはやはりトモヤ・ユメサキ、シア・エトランジュ、ルナリアを合わせた四名で間違いないようです。最初期のパーティはリーネ様とトモヤ・ユメサキの二名によって結成されたとのことです」

「そうですか」

それを聞いてリンクはさらに不快な気分になる。

「それから、本日はリーネ様と他三名は分かれて行動する模様です。トモヤ・ユメサキをはじめとする三名は現在、平民街を散策しています」

「なるほど、それはいいことを聞きました」

こちらが何を仕掛けるにしても、相手が少人数の方が何かとやりやすい。

このタイミングで動くべきだろう。そう判断したリンクは、どういった作戦が今の状況に適しているのか考える。

リーネを手に入れるための直接的な作戦はひとまず後回しだ。

今はその前準備としてやらなければならないことがある。

パーティを連れて帰郷したということは、リーネはこのまま国に残り続ける気はないのだろう。近いうちにまた国を出ていこうとするはず。

しかし、その時に今のパーティが存在していなければ、考え直すこともありえるのではないだろうか？

可能性は高い。だとするならまずリンク達がするべきはリーネが所属するパーティの妨害、理想としては解散が望ましい。

こちらは即興の作戦となるが、それでもロイヤル・エグゼキューターの彼らならば確実にやり遂げてくれるはずだ。

最初に狙うべきは――彼だ。

「アルディ」

「はっ」

一人の女性が前に出てくる。豊満な胸に、見る者を蕩《とろ》けさせる妖艶《ようえん》な瞳を持つ彼女は、女の武器を用いて男を陥落させるのに長けている。

「君に頼みたいことは理解していますね？」

「勿論《もちろん》でございます。必ずや成功させてみせましょう」

足に大きな怪我を負い引退するまでは名の通った冒険者でもあった彼女は、冒険者時代に鍛え上げた観察眼によって的確に相手の望みを見抜き、それに応えることで相手を骨抜きにしてしまう。

作戦の結果、見事にトモヤがアルディに陥落することがあれば、パーティ間の関係に大きな亀裂《きれつ》が入るはず。仮にトモヤとリーネが特別な関係であったとすればなおさらだ。

「まずは君からです、トモヤ」

自分の成功を信じて疑わないリンクは、絶対の自信と共に笑うのだった。

◇◆◇

トモヤはシアとルナリアと共に町を気楽に散策していた。

途中、自由気ままに出店を見て回る二人から目を離したちょっとの隙に、トモヤは二人とはぐれてしまった。

シアとルナリアが一緒ならば何の問題もないだろうと頭では分かっているものの、不安な気持ちを掻《か》き消すには至らず、探しに行こうと思った次の瞬間だった。

「うっ……」

トモヤの目の前で、ローブを纏った人物が突然その場に崩れ落ちた。

「大丈夫か？」

トモヤはその人物のもとに素早く駆け寄り安否を尋ねる。

「お気遣いありがとうございます。少し体調を崩してしまったようで。よろしければ手を貸していただけませんか？」

ローブで姿は分からないが、声から女性だと推測できた。

「ああ、もちろん――っ！」

彼女に手を差し伸べようとしたトモヤだったが、途中で思わず動きを止めてしまう。

トモヤの目の前でローブを脱いだ彼女の姿に、目を奪われてしまったからだ。

その女性は褐色《かっしょく》の肌をしていた。大人びた雰囲気を放つ美しい容貌に、出るところは出てひっこむところはひっこむという、女性ならば誰もが羨むような体型をしている。

そしてそんな男女問わず視線を集めてしまいそうな体は、なんと薄い布を数枚重ねるようにして覆われていた。しかしたったそれだけでは隠しきれない部分があるようで、豊かな双丘が大胆に主張している。

「ありがとうございます……きゃっ！」

動揺のあまり中途半端に手を差し伸べた状態で止まるトモヤだったが、女性はそんなトモヤの手を掴み立ち上がろうとし――足を滑らせた。

その拍子に彼女の体はトモヤに寄りかかり、先ほどまでトモヤが意識を奪われていた二つの部位が勢いよく押し付けられる。

「――――ッ！」

衝撃、そして混乱がトモヤに襲い掛かる。

（落ち着け、落ち着け、落ち着くんだ俺！）

必死に接触している部分から意識を逸らし、その上でどうすればこの状況から脱せられるかを考える。

彼女の体を離そうにも、彼女は今も体調が悪いようで息を切らしながらトモヤに寄りかかっていた。苦しんでいる彼女には大変申し訳ないのだが、その姿を見てさらにトモヤは動揺してしまう。

不意に、トモヤはこの状況を打開する解決策を思いつく。

(この人の体調さえ良くなれば、俺に寄りかかる必要はなくなるだろう。だったら!)

トモヤは素早くその考えを行動に移す。

「も、申し訳ありません。なかなか気分が良くならず。貴方さえよければ私が滞在する宿まで連れて行ってくれ——」

「治癒《ちゆ》魔法、発動」

「——えっ?」

女性が何かを言おうとしていたが、トモヤはそれを遮って治癒魔法Lv∞を発動した。

これで彼女の不調はマシになったはずだ。

「うそっ……!」

ようやく体を離せる。そう安堵したトモヤだったが、直後——

「なっ!」

あろうことか女性はその場でしゃがみ込もうとし、その拍子に押し付けられている胸の弾力が増した。さらに立ち位置の問題からか、彼女の胸の谷間を上から覗き込むような形となってしまい――さらに悪化する結果になってしまった。

（くそっ！　こうなったらもう、無心になるしかない！）

思い出すのはセルバヒューレにて、シアと弓勝負をしていた毎日だ。

矢を放つ前の、心を無にして極限の集中状態に入っていた時のことを思い出す。

無心を成功させるべく、さらにトモヤは視線を無理やり彼女の胸元から顔に移す。かなり厳しい戦いであった。

何も考えるな。今はただ心を無にしてやり過ごすんだ！

その試みが成功したのだろうか、それから何秒が経ったのかは分からないが、女性は勢いよく立ち上がった。

そして高速で踵《きびす》を返し、駆け去っていく。

「そ、その――ごめんなさい！」

「――えっ？」

突然の謝罪の言葉を聞き、トモヤはようやく意識を取り戻す。

無事にやり過ごせたのではないかと思ったが……もしかしたらトモヤが彼女に一瞬とは言え抱いてしまったよこしまな感情が伝わり傷付いてしまったのかもしれない。

「そんなばかな……っ！」

トモヤはその場で両膝を地につけ、絶望の言葉を吐きだした。

突然のアクシデントにしては上手く対応したと思ったが、もっと相手を傷付けない方法があったのであれば、それを選べなかったトモヤに責任がある。

もう今となっては彼女に謝罪する機会は設けられないが、次に同じようなことがあれば同じ失敗はしない。一人、そう誓うトモヤだった。

◇◆◇

リンクからの命を受けた後、アルディはすぐ行動を開始した。

他のロイヤル・エグゼキューターの力を借りてトモヤと残る二人を分断した後、さっそくトモヤに接触した。

「うっ……」

トモヤの目の前で、アルディはわざとらしく倒れ込む。

「大丈夫か？」

するとトモヤは自然と駆け寄ってきて安否を尋ねてくる。

その優しさが仇《あだ》となることを、まだ彼は理解していないようだ。

アルディはトモヤが近付いたタイミングでローブを脱ぎ、自分の女の魅力がふんだんに備わった体をさらけ出す。これだけで大抵の男の顔がにやけ、アルディを助けたことによって恩を着せられるのではないかと想像を膨らませる。

しかし今回のターゲットであるトモヤはそれなりに警戒心があるようで、差し伸べた手を途中で止めたまま固まっていた。

畳みかけるべきはここだとアルディは判断した。

「ありがとうございます……きゃっ！」

トモヤの手を取った後、つまずいたふりをして自分の体をトモヤに当てる。むろん、自分の一番の武器である胸を押し付けるようにして。

続けてアルディは息を切らした演技をする。上気した肌と、細かく揺れ動く胸を前に冷静さを保てなかった男など、かつて一人として見たことがない。

さあ、ラストだ――！

「も、申し訳ありません。なかなか気分が良くならず。貴方さえよければ私が滞在する宿まで連れて行ってくれ――」

「治癒魔法、発動」

「――えっ？」

突然トモヤが告げた言葉に、一瞬理解が追い付かなかった。

ただ、体中に癒しの魔力が流れるのを感じた。

まさか体調が悪いふりをしたアルディを見かねて治癒魔法を発動したというのだろうか？

しかし治癒魔法で体調が回復するなど聞いたことがない。

スキルＬｖが相当高ければそれも可能なのかもしれないが、まずありえない話だ。

しかし、だったら彼はなぜ――!?

（この感覚……まさかっ！）

アルディは自分の左足に違和感を覚えた。かつて自分が冒険者を辞めるきっかけとなった大怪我を負った部分だ。痛みがあったのではなく、むしろ逆。怪我をして以来常に感じていた鈍い痛みが全てなくなっていた。

「うそっ……！」

信じられず、その場でしゃがみ込み手を足に当てる。そしてアルディは痛みだけでなく大きな傷痕すらなくなっていることに気付き、驚愕に目を見開いた。

ありえない。信じられない。

どんな優れた治癒師でも癒すことのできなかったこの大怪我をこんな一瞬で……！

そもそも、なぜトモヤはこの怪我に気付き、癒そうと考えたのだろうか。

混乱した頭のまま、アルディは顔を上げトモヤの目を見て――言葉を失った。

（いったい……どこを見ているの？）

アルディに向けられているにもかかわらず、トモヤの目はアルディを見ていなかった。

一見ただぼ～っとしているだけに見えるが違う。きっとこれは全てを見通す目だ。

きっとトモヤは最初から、アルディがトモヤに何かを仕掛け被害を与えようとしていることを見通していたのだろう。

その上でトモヤはアルディが用意していた策を全て、真正面から受けて無効化した。

それだけではなく、彼はアルディが傷を負っていることを見抜くと、敵であるにもかかわらず治癒するという施しさえ与えてみせた。

そこから導き出せる答えは一つ。

（――きっと私では敵にすらならない、そういうことなのですね）

トモヤからすれば、アルディによる数々の仕掛けなど児戯《じぎ》に等しかったのだろう。

陥落するどころか、意識させることすらできなかったのだ。

それを理解してから改めてトモヤの目を見ると、

『俺に少しでも追い付きたいのなら精進しろ、足はおまけで治しといてやる』

そんな言葉が言外に聞こえてきた。

（ううぅ～～～！）

トモヤの考えを理解した瞬間、言葉に表しきれない程の羞恥《しゅうち》が襲い掛かってくる。それだけでなく、彼の目を見ると不思議なことに心臓がバクバクと音を鳴らす。初めて味わう感覚に、アルディは平静を保てなくなった。

その結果——

「そ、その——ごめんなさい！」

——無意識に謝罪の言葉を叫び、その場から逃げ出した。

やはりトモヤはアルディを敵と認識してなかったのか、逃亡を防ぐ素振りすら見せることはなかった。

◇◆◇

「リンクさま、アルディから報告が届いています」

「随分と早いですね。いえ、それだけアルディが上手くやったのでしょう」

アルディ達が出ていってから30分足らずのタイミングで、アルディから作戦が終わった旨を伝える魔法手紙が届いた。

仮にもSランク冒険者であるトモヤは相当に警戒心が強いはず。そのため、もう少し時間がかかるものだと考えていたが、その予想は外れたようだ。

しかし、良い方向に予想が外れるのなら願ったり叶ったりだ。

「報告を聞かせていただけますか？」

リンクは口角を緩め、報告内容を尋ねる。

トモヤが完全に陥落され心を奪われたのなら話は早いが、そうでなくとも町で見知らぬ女と関係を持ったという事実だけでも、彼らのパーティに亀裂を入れるには十分だろう。

トモヤ達にどのような痛手を与えられるのかと期待するリンクだが——その期待が現実のものとなることはなかった。

「はい、ただいま——えっ⁉」

報告を読んだ部下が驚きの声を上げる。その声色から動揺のようなものが感じ取れた。

「どうかしましたか？」

「いえ、そのっ、報告内容なのですが……少し不可解な内容が多いもので」

「……どういうことですか？」

要領を得ない言葉に、リンクは首を傾げる。

「……仕方ありません。私が直接その報告を読みましょう。貸していただけますか？」

「は、はい、こちらです！」

リンクは魔法手紙を受け取り、直接アルディの報告を目に通す。

そして言葉を失った。

「これは……！」

そこに書かれていたのは、訳の分からない言葉の羅列だった。

トモヤのような素晴らしい男性をこれまで見たことがない、自分では敵にすらならない程の実力者だった、それでいて相手に情けをかける懐の深さまであり、自分はこれから彼を目標に一から努力するつもりで——などなど、そのほとんどがトモヤを褒め称《たた》える内容で、最後の方におまけのようにして作戦が失敗したと書かれていた。

「こ、この30分の間にいったい何が……！」

リンクが受けた衝撃は大きかった。

作戦が失敗することはあらかじめ想定していたため、それ自体はさほど問題ない。

しかしこれではまるで、トモヤを陥落しにいったアルディの方が陥落されたかのようではないか。

「トモヤ・ユメサキ、これほどの男でしたか……！」

リンクは唇を噛み締め、自分の甘さを痛感した。

トモヤのことを侮っていた。百戦錬磨のアルディをこうも手玉に取ってくれるとは、相当場慣れしているであろう恐ろしい相手だ。きっとリーネもそんなトモヤに言葉巧みに騙されているに違いない。

「仕方ありません、標的を変えますか」

残念だが、トモヤには並大抵の策は通じないようだ。

そこで、トモヤではなく残る二人——シアとルナリアから切り崩すことに決める。

彼女たちに色仕掛けを使ったところで意味はない。もっと単純にパーティが困る方法で攻めた方がいい。となるとやはり金銭関係か。

彼女たちを騙し金銭を巻き上げ、さらに借金を負わせることができれば、パーティに亀裂が入り解散に近付くのは間違いないだろう。なんなら、彼らが困り果てている場面でリンクが助けてやることでリーネに恩を着せることすらできる。

普通ならばすぐに詐欺《さぎ》だとバレてしまうような作戦だとしても、今回に限っては怪しまれず遂行できる可能性が高い。

どのような経緯で知り合ったのかは不明だが、二人は人族ではないからだ。

エルフ族の少女シアに、魔族の少女ルナリア。片方に至ってはなぜ共に旅をしているのか分からぬほどの幼い子供である。そんな彼女達が相手ならば、人族におけるルールだと説明しておけば、たとえそれが嘘であっても見抜かれることはないだろう。

仮に見抜かれてしまったとしても、二人がトモヤやリーネに匹敵する実力者であることはまずない。ロイヤル・エグゼキューターであれば問題なく制圧できるはずだ。

「ロッホ」

「はっ」

リンクは目の前で待機するロイヤル・エグゼキューターの中から、ありとあらゆる状況に対応できるスキルを保有する男性ロッホを呼ぶ。

「標的をトモヤから、残る二人の少女に替えます。手段は任せます、むしり取れるだけの金をむしり取ってきてください」

「――了解いたしました」

その指示に対して、ロッホは口角を上げ応じるのだった。

◇◆◇

その後、ロッホはすぐに行動を開始した。

シアとルナリアがトモヤと合流する前にことを済ませなければならない。

最初は他のロイヤル・エグゼキューターの力も借りて強引に所持金や貴重品を奪い取ることも考えたが、それでは大きな騒ぎになることは避けられないし、作戦後に二人と合流したトモヤが報復にくる可能性がある。

そういった面倒を避けるためにも、こちらの主張が正当なものであると相手に信じ込ませてしまった方がいい。幸いなことに相手は人族の常識に疎い。

となると、作戦は単純でいい。

「よし、これでいいか」

ロッホはスキルを使用して素早く出店を設置すると、宝石が埋め込まれたネックレスを幾つも店頭に並べた。

これで準備は完了だ。

同じタイミングで、協力者の誘導によってシアとルナリアがトモヤから離れてこちらに歩いてくる。

「そこの二人のお嬢さん、見て行ってくれよ」

「？　これはネックレス？」

「きれいだね、シア！」

呼びかけると、二人は店の前で立ち止まり商品を見始める。ここまでは作戦通りだ。

「ほら、どんどん見てくれ。何だったら直接手に取ったり、つけてみてもいいぞ」

「わかった」

こちらの言葉に従うように、シアが一つのネックレスを手に取る。

それを見てロッホはほくそ笑む。

（ははっ、警戒心が少ないってのは本当みたいだな！）

それらは本来ならば金貨一枚の価値しかない代物である。

この程度の物を押し売りしたところで、彼女たちは大して困らないだろう。

もっとも、ロッホはネックレスを値段通りに売るつもりなど毛頭なかった。

ネックレスを手に取り眺めるシアとルナリアから視線を外さないようにしながら、ロッホは意識のみを〝それ〟に向ける。

（こい、クイックバード！）

その指示に従うように、事前にロッホが召喚魔法で呼び出しておいた鳥型のDランク上位魔物、クイックバードが店の上空から急降下してくる。そして、

「むっ」

クイックバードは見事にシアの持つネックレスを奪い、再び空高く飛んでいく。

（よしっ！）

作戦がうまくいったことを確認し、ロッホは歓喜する。

もともとロッホはシア達に商品を売りつけるつもりはなかった。彼女達の責任によって紛失した商品を弁償させることこそ、ロッホの本当の狙いだったのだ。

これによって元の何倍の金額を請求したとしても、商品自体を失っているため嘘がバレることはない。仮に彼女達が自分の責任ではないとごねるようなら、その時こそは力ずくで押さえ込んでやればいい。

さあ、どれだけの金額を請求してやろうか。ロッホがそう考えながら、二人に責任を追及しようした、その時だった。

「矢射《やしゃ》」

「――――えっ？」

パンッ、と、遥か上空を飛ぶクイックバードが弾け飛んだ。

そして残されたネックレスだけがゆっくりと落ちていく。

何が起きたのか理解できないまま視線をシアとルナリアの二人に向けると、なんとそこには弓を射抜いた後の構えを取るシアの姿があった。

「楽勝」

シアは焦った様子もなくそう呟いた後、落ちてきたネックレスを片手で掴む。

信じられないことに、どうやらクイックバードにネックレスを奪われた直後、彼女は瞬時に弓矢でクイックバードを射抜いたらしい。

魔物の中でもかなりの速度を誇るクイックバードをたった一撃で、それも当然のように討伐してみせたシアに、ロッホは脅威すら感じた。

リンクはトモヤとリーネ以外は大した実力ではないはずだと言っていたが、とんでもない。彼女もまた規格外の実力者であることをロッホは直感した。

（くそっ、こうなったら最後の手段だ！　あまり気は進まないが、残る一人である魔族の少女に――）

シアはともかく、ルナリア一人ならば騙しきれるかもしれない。

そう考えた瞬間だった。

「はい、どうぞっ！　ちゃんと返ってきてくれて、よかったねっ！」

「――――」


ルナリアは満面の笑みを浮かべて、さきほどのネックレスをロッホに差し出してきた。

その顔にロッホを疑う様子はなく、どこまでも純粋に商品の無事を喜ぶ姿があった。

そんな彼女を見た瞬間、ロッホの中にある禍々しい感情が浄化されていく。

(……思い出した。私はこの国に住む子供達が心から笑顔を浮かべられるようにと思い、ロイヤル・エグゼキューターの一員としてどんな任務だろうと必死にこなしてきた。それは決して、このような純粋な子供を騙すためにやってきたわけではない!)

雇い主であるリンクを裏切ることになったとしても、譲れない気持ちがここにはあった。

初心を思い出させてくれた彼女に感謝を込めて、ロッホは礼を告げる。

「ありがとうな、嬢ちゃん」

「どういたしまして、だよっ!」

それをルナリアはネックレスを渡したことに対する礼だと受け取ったみたいだが、ロッホはそれでもよかった。

その後、二人を見送ったロッホは、リンク宛てに任務失敗を伝える魔法手紙を送るのだった。

ロッホからの魔法手紙を読んだ後、リンクは沸き上がる怒りを必死に抑え込んでいた。

無言のまま微動だにしないリンクを前に、ロイヤル・エグゼキューターの面々が緊張の面持ちを浮かべていた。

そんな彼らを気にすることもなく、リンクは思考の海に沈む。

アルディに引き続き、ロッホまで失敗するとはさすがに想定外だった。

ロッホの報告によると、シアはトモヤやリーネに匹敵する実力者であるという可能性が高いとのことだ。こうなってしまえば、最早彼らのパーティから切り崩すという方針から変えた方がいいかもしれない。

所詮、ここまでのものは付け焼刃で考えた作戦に過ぎない。

数年前から考え抜かれた本命の作戦がまだ残っている。

「とうとうこの時が来ましたか」

待ちわびたその瞬間がすぐ目の前に迫っているという事実に、リンクはにやりと口角を上げる。

すぐに人当たりのいい笑みを浮かべなおしたリンクは、ロイヤル・エグゼキューターの面々に告げる。

「これより皆さんに、本命の作戦をお伝えいたします。まず大前提といたしまして——」

舞台は一週間後に迫った夜会。

その時に狙うはリーネでも、ましてやトモヤ達でもない——

「——狙うは、リーネを除いたエレガンテ家の方々です」

◇◆◇

とまあそんな風に、特に事件のようなものは何事も起きることなく、トモヤ達がデュナミス王国に到着してから一週間が経とうとしていた。

本日は以前から話題に出ていた夜会の日であり、エレガンテ家の方々は全員とても忙しそうにしていた。

トモヤ達三人は、そんな彼らを見送った後、ゆったりとした時間を過ごす……

その、はずだったのだが——

「どうしてこんなことに……」

トモヤは改めて自分の格好を見て、ため息交じりにそう呟いた。

トモヤは今、普段の冒険者服ではなく、貴族がパーティでよく着ていそうな黒色の正装に身を包んでいた。

この格好から分かる通り、なぜかトモヤも今回の夜会に参加することになっていた。

「あら、とても似合っていますね。素敵です」

そのきっかけとなった人物であるリーズが、着替え終えたトモヤを見て楽しそうに微笑みながら感想を口にした。

褒められたこと自体は嬉しいが、これからのことを考えると素直に喜べない。

「リーズさん」

「はい、なんでしょう？」

「本当に俺も夜会に参加するべきなんでしょうか？　そもそもこの国の貴族でない俺に許可が出るかどうか――」

「あら、それならトモヤさんは、リーネに縁談を持ち掛けてきたような男性が数多くいらっしゃる中に、彼女を一人で向かわせるおつもりですか？」

「うっ……」

リーズにそう言われると反論できない。

曰く、夜会は貴族同士の交流の場であると同時に、未婚の者にとっては婚活の場であるという話だ。

リーネほどの美貌と実力を兼ね備えた女性なら間違いなく引く手数多だろうというリーズの主張に説得された結果、リーネの付き添いとしてトモヤがついていくことになったのだが、本当にこの選択が正しかったのか自信がない。

「心配しなくても大丈夫ですよ、トモヤさん。そもそも貴族の皆様に同行している護衛などは平民出身の方も多いですし、トモヤさんだけが特別なわけではありません。むしろトモヤさんがSランク冒険者であるという噂は既に貴族間で広がっていますし、歓迎されることでしょう」

「それはそれで気まずいんですが……」

「まあまあ、その辺りの話はもういいでしょう。それよりそろそろリーネが着替え終えたころでしょう。私達は先に王城へ向かいますので、トモヤさんはリーネを迎えに行ってあげてください」

「……分かりました」

リーズに促されるまま、トモヤはリーネが着替えている部屋に向かう。

扉をノックして、トモヤは中に声を投げかける。

「リーネ、いるか？」

「っ、と、トモヤか」

その呼び掛けに帰ってきたのは、緊張しているようなうわずった声だった。

「待たせてすまない、今着替えが終わったところだ」

「扉を開けても大丈夫か？」

「ま、待ってくれ！　もう少しだけ心を落ち着かせる時間が欲しい！」

「わ、分かった」

ドアノブを握ろうとするトモヤを、リーネの焦ったような声が止めた。

彼女の希望通り扉の前で待つが、経過する時間に比例してなぜかトモヤまで落ち着きをなくしてしまいそうになる。

待ち始めてから一分が経とうとしたその時、ゆっくりと扉が開き始める。

「す、すまない。待たせたな」

「いや、そんなこと――」

部屋の中から姿を現したリーネの姿を見て、トモヤは言葉を失った。

すらりと腰元まで伸びた艶のある赤髪には薔薇《ばら》のコサージュが飾られており、それによって普段より一層大人びた雰囲気が醸し出されていた。

さらに体全体を覆う白と青のコントラストが素晴らしい豪奢なドレスが落ち着いた雰囲気のリーネと見事に調和し、高貴さと美しさを演出している。

いつもと違ったリーネの姿に、トモヤは見惚《みと》れていた。

対するリーネは、自分を見つめたまま何も言わないトモヤに痺《しび》れを切らしたのか、恥ずかしそうに両腕で体を隠しながら小さく口を開ける。

「と、トモヤ、そろそろ何か言ってくれないだろうか」

「……綺麗だ」

「っっっ！」

反射的に素直な感想を口にすると、リーネの顔が一瞬で真っ赤に染まる。

「き、君は！　自分が何を言っているのか分かっているのか⁉」

「もちろん分かってるよ。本気で綺麗だと思った」

「っ！」

もう一度、今度は自分の意思で力強くリーネに感想を伝える。

リーネは一瞬言葉を失った後、ゆっくりとトモヤから視線を外し、

「あ、ありがとう」

「あ、ああ」

恥ずかしさに耐えるようにして、感謝の言葉を告げた。

その後、お互いに無言が続き、なんとも形容しがたい時間が流れる。

すると、そこに聞き慣れた二つの声が飛び込んでくる。

「むぅ、羨ましい」

「トモヤもリーネもすっごくすてきだよ！」

部屋の中でリーネの着替えを手伝っていたシアとルナリアが、トモヤとリーネの会話が途切れたタイミングを見計らって姿を現した。

トモヤと違って、今回二人は夜会に参加せずこの館で待機することになっている。

二人と短く言葉を交わしていると、出発の時間が近付いてくる。

「そろそろ、時間」

「トモヤ、リーネ、いってらっしゃい！」

「ああ、行ってきます」

「うむ、行ってくる」

最後にそんな会話をした後、トモヤとリーネは王城に向かう馬車へ移動するのだった。


王城はやはり一般の貴族の館とは一線を画しており、数倍の大きさと豪華さを有していた。その中に、次々と貴族らしき者達が入っていく。

トモヤもただ外観を眺めているわけにはいかない。

馬車から降りたトモヤは、心臓の鼓動が早くなるのを自覚しつつ、エスコートのために手をリーネに差し伸べる。

「行こう、リーネ」

「あ、ああ。そうだな、トモヤ」

リーネの透明感あふれる白雪のような手が、そっとトモヤの手にのせられる。

そのままトモヤはリーネと一緒に王城の中に向かう。

そんな二人を見た周囲の者達が、それぞれ小声で話し始める。

「あの方は確か、エレガンテ家のリーネ様よね？　とても美しいわ」

「数年ぶりに帰ってきているという噂は本当だったのか。時間があればぜひ手合わせしてもらいたいものだ」

「ところで、隣の方は誰かしら？　見覚えがないのだけれど……」

「この国の貴族ではなさそうだな。となるとまさか、リーネ様の……！」

リーネに対する関心が8割、トモヤに対する関心が2割といったところか。

なんにせよ、大勢から注目を受けるのはあまり居心地が良くない。

「リーネ、少し急ぐか」

「うむ、そうだな」

トモヤとリーネは少し早足になり、夜会が開かれる会場を目指すのだった。


辿り着いた会場は想像以上に大きく、豪奢な造りをしていた。

こちらでもトモヤ達を気にして視線を送ってくる者が多いが、直接話しかけてくる者はいない――

と思った矢先、一人の女性がこちらに歩いてくる。

桃色の長髪をすらりと伸ばし、紫色のドレスに身を包む女性の正体はユーリだ。

ユーリはトモヤ達の前で立ち止まると、小さく微笑んだ。

「よく来ましたね、リーネ。トモヤさまも一緒なことには驚きましたが、いいことです。貴女のことですから、何かと言い訳して参加を断るのではないかと思っていました」

「うむ、そうできればよかったんだが、残念ながら母上に強制されてしまってな」

「ほ、本気で思っていたんですね。冗談のつもりだったのですが……本当、貴女には呆れます」

はあとため息を吐いたユーリは、続けてトモヤに視線を向ける。

「トモヤさまもよく来てくださりました。本日は色々と大変でしょうが、よろしくお願いいたしますね」

「ああ、こちらこそ……って待て。色々と大変っていうのはいったい――」

意味深な言葉について質問しようとした、その時だった。

「来ていたのですね、リーネ。招待に応じていただけてとても嬉しいです」

突如としてリーネに投げかけられたその声によって、トモヤの言葉は遮られてしまう。

声のした方を見ると、そこにはリンクの姿があった。

リーネはすぐさまリンクの言葉に反応し、丁寧に礼をする。

「殿下にそう言っていただけたこと、光栄に思います」

「そう固くなる必要はないですよ。せっかくの場です、楽しみましょう……ところで」

彼は続けてトモヤに視線を向ける。

「トモヤ、貴方も来たのですね。リーネの付き添いですか？」

「まあ、一応」

「そうですか……それは何よりです。ぜひ楽しんでいってください」

「……？」

そう告げるリンクの表情にどこか違和感を覚えたトモヤだったが、その正体を掴むことができないうちに、リンクは会場に備え付けられている壇上に登っていく。

会場内の貴族達は会話を止めて、全員が彼に視線を向ける。

注目を受ける中、リンクはゆっくりと話し始める。

「皆さん、此度は私達の招待に応じていただけたこと、心より有難く思います。ぜひ有意義な時間を過ごしていただきたく思います。それでは早速ですが――」

リンクが側の従者から酒の入った器を受け取り、高く掲げる。

それに伴って皆も同じように手に持つカップを掲げる。

「これより、夜会を執り行います。我が国を築き上げた偉大なる剣神に感謝を込めて――乾杯」

乾杯、と。皆の声が重なり、夜会が始まった。

夜会は交流の場であり、他の者達との会話は必須である。

中でも特に周囲から注目を集めているリーネのもとには、多くの者が集まった。

冒険者時代の話を聞き、その功績を褒めたたえる者。

今後はデュナミス王国の中で活動してほしいと懇願する者。

中には、トモヤが横にいるにもかかわらず積極的にアプローチをしてくる者さえいた。

彼らのほとんどがリーネより位の高い貴族であり、リーネは対応に少々戸惑っている様子だった。

ちなみに、どのような対応が正しいのかを全ては理解していないトモヤは、ほとんど横でその様子を眺めているだけ。たまにリーネとトモヤの関係を尋ねられるも、その時は総じて同じパーティメンバーであると答えておいた。

「トモヤさま、楽しんでいらっしゃいますか？」

そんなトモヤに気を使ったのか、ユーリが声をかけてくる。

「ユーリか……え？」

ユーリの格好を見て、トモヤは目を見開いた。

服装自体は先程も見たドレス姿のままだが、なぜか腰元には剣が備わっている。それも二振り。

このようなパーティ会場で、どうして剣を持っているのか。

表情からトモヤが疑問を抱いていることに気付いたのだろう、ユーリは言った。

「こちらの剣が気になるのですか？」

「ああ、何でこんな場所に持ってきているんだ？」

「もちろん、使用するためです……リーネ、時間ですよ」

言って、ユーリは鞘に入った剣をリーネに投げる。

リーネは華麗に剣を受け取ると、面倒そうに少しだけため息をつく。

「本当にやるんだな。あまり気は進まないが」

「リーネのことです。ただ突っ立って話をするだけよりかはマシでしょう」

「うむ、それもそうだな……よし」

リーネは覚悟を決めたかのような表情を浮かべ、それを見たユーリが満足気に頷く。

当然、トモヤはそんな二人を見て疑問を抱く。

「二人とも、何をするつもりなんだ？」

その問いに答えたのはユーリだった。

「剣舞ですよ、トモヤさま」

「……剣舞？」

「はい、その通りです。かつて剣神から剣技を教わった者達が、剣神に感謝を捧げるために生み出したといわれているものです。夜会などの催し物ではよく披露《ひろう》されるのですが、今回はそれをわたくしとリーネがすることになっているのです」

「母上が先に了承していたこともあり、断るに断れなくてな」

「なるほど」

経緯はどうあれ、トモヤにとって二人の剣舞は気になるところだった。

リーネには申し訳ないが、せっかくだ。楽しませてもらおう。

リーネとユーリが会場の中心に向かうと、皆がそちらに視線を向ける。

「今回の剣舞はユーリさまとリーネさまが行うという話は本当だったのか、これは実に楽しみだ」

「我が国が誇る淑女たちの共演、とても素晴らしいですわ」

「始まるぞ！」

ゆっくりと、会場にゆったりとした音楽が流れ始める。

それに合わせるように、多くの注目を受ける中、剣舞が始まった。

まず初めに動いたのはユーリだ。

彼女は立ち位置を一ヵ所に固定したまま、巧みに踏み込み足を入れ替えながら剣を振るっていく。次々と空を切り裂く鋭い音が会場全体に響き渡る。

実戦用ではない演目用といった感じだが、それでも見た者を圧倒する素晴らしい剣技であることには違いない。

「相変わらず、ユーリ様の剣は美しいな」

「ああ、常日頃からしっかりと鍛えていることが分かる。公務もあるというのにご立派だ」

現に、周囲の者達も称賛を口にしている。

しかしこれでは剣舞というよりも、どちらかといえば型を披露《ひろう》しているだけという印象が強い。

トモヤがそんな感想を抱いた、次の瞬間だった。

ここでようやくリーネが舞を開始する。

一ヵ所に立ったままのユーリとは違い、リーネはユーリの周囲を駆け巡るように移動しながら剣を振るっていく。

こちらはユーリのそれとは異なり、一振り一振りがなめらかに繋《つな》がれ、隙を生み出さない実戦用の剣技といった印象だった。

「ふむ、やはりリーネ様の剣は力強く素晴らしい」

「私たちの目標とすべき剣技ですね。今この場で拝見できたこと、嬉しく思いますわ」

周りからそのような称賛を受けながらも、二人の動きは加速していく。

これまでは別々に剣を振るっているように見えた二人の動きがシンクロし始めたのだ。

この剣舞が二人で行われる理由が、理屈を超えて直接心に伝わってくる。

形容しがたい高揚感を得るトモヤの前で、剣舞は続く。

加速し続ける二人の剣技は、やがて見る者全てを魅了するほどに磨かれていき――

最後の一振りが終わると同時に、観衆から歓声が上がる。

「実に美しい剣技だった！」

「とても見応えがありましたわ」

「もう終わりか。夢中になるあまり、一瞬のように感じてしまったよ」

声を受けて、リーネとユーリはお互いに顔を見合わせ、不敵に微笑む。

その姿から、トモヤは二人の信頼関係というものを感じ取った。

場が盛り上がる中、そろそろ頃合いだと思ったのか、リンクが観衆の中から二人のもとに歩いていく。

「ユーリ、リーネ、素晴らしい剣舞をありがとうございました。皆さん、私達に素晴らしい剣舞を見せてくれたお二人に、今一度拍手をお願いいたします」

その言葉に応じるように、観衆は拍手を行い、リーネとユーリの二人に楽しませてくれた感謝を伝える。

トモヤもその例にもれず、両手を叩き二人を称賛した。

盛大な拍手の中、リーネは剣をユーリに返した後、トモヤのもとに戻ってくる。

「お疲れ、リーネ。剣舞、すごかったよ」

「うん、ありがとうトモヤ。そう言ってもらえると、頑張った甲斐がある」

山場を乗り越えたからか、安堵の表情を浮かべるリーネ。

激しく体を動かしていたからだろう、額からは汗が流れ、頬《ほほ》を伝って床に落ちようとしていた。

「むっ……」

「待て、リーネ」

リーネは咄嗟《とっさ》に腕で汗を拭おうとするが、トモヤは慌ててそれを止める。

ドレスで汗を拭うのは、あまりマナー的にいいことではないはずだ。

「ちょっと失礼」

「なっ、と、トモヤ⁉」

トモヤはハンカチーフを取り出すと、リーネの額と頬に軽く当てるようにして、手早く汗を拭きとる。

リーネは突然のことに驚いたような声を漏らすが、今この場では抵抗するべきではないと思ったのかトモヤの行動を静かに受け入れた。

「よし、これでもう大丈夫だな」

ハンカチーフをしまうトモヤに対して、リーネは顔を真っ赤にしたまま、じとーっとした目つきで見てくる。

「むぅ……トモヤ、できればそういうことをする時は、きちんと事前に説明してほしいのだが」

「ん？　いやでも、直前にちょっと失礼って言ったけど……」

「それだけで十分に伝わるわけないだろう！　まったく、君という奴は。少しは私の気持ちを考えてほしいものだ」

リーネは両腕を組みながら、つーんとした態度でそっぽを向く。

リーネはそれで怒りを表現しているのだろうが、トモヤにはそれが子供のような振る舞いに見え、思わず小さく笑ってしまう。

「と、トモヤ！　君は何を笑っているんだ！」

「わ、悪い。今のリーネがなんだか子供みたいで、可愛くて」

「かわいっ……い、いや、そうではない！　子供みたいとはなんだ、子供みたいとは！」

トモヤの感想が不満だったようで、リーネは少しだけ怒った様子で反論する。

そんな風に自分達だけの世界でやりとりするトモヤとリーネだが、当然、周囲には他の者達もいて――

「いつも落ち着いた雰囲気のリーネ様にしては珍しく狼狽《うろた》えているが、一体何の話をしているのだろうか？」

「確かあちらの男性とは旅をする中で出会ったと言っていましたわね？　それでこの夜会

に連れてくるのですもの、そういうことに決まっていますわ」

「「――――ッ」」

トモヤとリーネは周囲からの注目を感じ取ると、同時に甚大《じんだい》な羞恥《しゅうち》を覚え、素早くその場から離れるのであった。


それからもしばらくの時間が経ち、次の催しが始まる。

どこからともなく優雅な音楽が流れ始め、それに合わせて様々な男女のペアが手を取り合い踊り始めた。いわゆる、社交ダンスというものだ。

その中には既に結婚、婚約している者達もいれば、今この場でダンスを申し込んでいる者達もいる。

その光景を眺めながら、トモヤは自分がこの場にいる理由を思い出していた。

リーネは容姿、実力ともに申し分なく、この国の未婚の男性から強い興味を持たれている。言い換えると、この踊りの場でリーネにダンスを申し込もうと考えている者は一人や二人ではないはずだとリーズは語った。

そして、それと同時にこうも言っていた。

そもそも初めからリーネに踊る相手がいれば、他の男性から声をかけられることはないだろうと。

「ふー」

トモヤは一度深く息を吐き、改めてリーネに体を向ける。

すると、リーネもトモヤがこの場にいる理由にもともと察しはついていたのか、少しだけ強張った表情で言葉を待っていた。

トモヤは少しだけ勇気を振り絞ったのちに、手を差し伸べて堂々と告げる。

「リーネ、俺と踊ってくれ」

貴族が集まる場での誘い文句とは思えない、少し乱暴さを感じる言葉。

けれどそれがこの二人にはぴったりだった。

リーネは緊張が解けたように小さく笑った後、自身の手をトモヤの手の上に乗せる。

「ああ、こちらこそ。よろしく頼む、トモヤ」

そんな風にして、トモヤとリーネの社交ダンスが始まった。

しかし――

「まずいぞリーネ、問題がある。どうやって踊ればいいのか全く分からない」

これまでダンスの経験などほとんどないトモヤは、どのようにして社交ダンスを踊ればいいのかが分からなかった。

リードはおろか、簡単なステップすらおぼつかない。

不安に満ちたトモヤの言葉に対し、リーネは小さく笑い、

「そう難しく考える必要はない。なんならちゃんとした踊りになってなくてもいいくらいだ。そもそも私の方こそ昔に習ったきりで、ほとんど忘れてしまっているからな」

「なら、いいか」

「ああ、いいんだ」

トモヤとリーネは顔を見合わせると、どちらともなく笑い出す。

この何気ない時間が、何よりも大切なもののように思えた。

「……改めて思うと、本当に不思議なものだ」

物思いにふけるトモヤの前で、リーネがぽつりと零《こぼ》す。

「君と出会った時には、こんな風に一緒に踊ることになるとは考えもしなかった。いや、それだけではないな。そもそも私が誰かと共に旅をして、その時間を心地よく思うようになるなど、この国にいた頃の私からは想像もつかない」

だけど、と。リーネは続ける。

「私は自分がそんな自分になれたことを誇りに思う。君に出会って、ルナやシアと仲間になって。それ以外も含めて様々な出会いが、私にとってはかけがえのない大切な思い出になっているんだ」

リーネは優しい笑みをトモヤに向ける。

「トモヤ、ありがとう。きっと私がこんな自分になれたのは、君がいたからだ」

「……リーネ」

ああ、今この胸に生じた気持ちを、何と表現すればいいのだろうか。

リーネがトモヤに感謝の気持ちを伝えてくれたように、トモヤからも彼女に伝えなければならない言葉がある気がした。

トモヤがこの世界に来て、まだ右も左も分からなかった時、常にそばにいて必要なことを教えてくれたのはリーネだ。その経験もあり、トモヤのリーネに対する信頼は厚い。

トモヤにとってリーネはかけがえのない存在。決して失うことのできない大切な仲間であることは間違いない。

だけど……本当にそれだけなのだろうか？

トモヤは自分自身に問いかける。

ずっと、あえて考えてこなかったことがある気がする。

トモヤにとってリーネという存在は何であるか。

大切な仲間、信頼できる相棒、様々な表現が思いつくが、それが完全に正しいとは不思議と思えなかった。

もっと心の奥底に、純粋な気持ちが眠っているような気がしたのだ。

（そもそも……俺は何で今回、この夜会に来ようと思ったんだっけ？）

リーネに近付こうとする者達から彼女を守ろうと思った——なら、それは何のために？

きっとその答えは思っている以上に単純で、考えればすぐに結論が出た。

(きっと、俺は――)

信頼と、感謝と、その先にある一つの感情。どう言葉にするべきかは今も分からない。

ただ、せめて、目の前にいる彼女に、今自分が思う気持ちを伝えたいと思った。

だからこそ、勇気を振り絞ってトモヤは告げる――

「リーネ、俺は――」

――その瞬間だった。ドンッ！と、盛大に会場の扉が開かれる。

そこには鎧姿に身を包む、一人の騎士の姿があった。

会場中の注目がその騎士に向けられる中、彼は青ざめた顔で叫ぶ。

「襲撃です！王都を取り囲むようにして、大量の魔物が出現しました！」

その言葉を聞き、この場にいる者達がざわざわと騒ぎ始める。

「魔物が現れた？それも王都を取り囲むようにしてだと？」

「魔物が大量発生する兆候などなかったはずだ！どうなっている!?」

「問題は量よりも強さよ！魔物のランクはどの程度なの!?町に入ってくることはないんでしょうね!?」

誰もが突然のことに動揺しており、会場はパニックになりかけていた。

何はともあれ、この場を収めないことには次の行動に移れないだろう。

「皆さん、落ち着いて下さい！」

そんな状況の中、堂々たる声でそう告げたのは、第一王子リンクだった。

この場で最も位の高い青年の言葉に、誰もが言葉を止めて視線を送る。

「焦る必要はありません。剣神の加護を受ける我が国の騎士団ならば、どのような危機からもこの地を守ることが可能です。これよりすぐさま、王国騎士団総出で対応に当たります。この場にいる非番の者達も力を貸してくれますね？」

「「はっ！」」

さすがのカリスマ性と言うべきか、リンクの言葉によって人々の表情から不安や恐怖は消え、何人かの若い男性は素早い動きで会場の外に出ていく。きっと彼らが非番の騎士達なのだろう。

これで一応は魔物の襲撃に対応できる用意が整ったのだろうが、戦力が十分であるかは不明だ。

騎士団の力になれるなら、協力したいというのがトモヤの気持ちでもあった。

「リーネ、俺達はどうする？」

「ふむ、そうだな……騎士でない身でも許されるなら、私達も前線に立ちたいところだが……」

どうやらリーネもトモヤと同じことを考えていたらしい。

その後すぐに、トモヤとリーネはその旨をリンクに伝える。

しかし、リンクは数秒考える素振りを見せた後、首を横に振った。

「申し訳ありません、トモヤ、リーネ。申し出はありがたいのですが、これは我が国の問題です。できることなら、騎士団のみで解決したいと思います……ただ」

一度言葉を止めた後、リンクは告げる。

「騎士団の体面以上に大切なのが民の命です。そこで、お二人にはこの場で待機していただき、どこかの隊が突破されそうになった時にはその場所を助けにいってもらうことは可能でしょうか？」

リンクの言葉に、トモヤは納得の気持ちだった。

確かにトモヤやリーネが力を貸せば、どれほどの危機的状況であれ一瞬で解決することができるかもしれない。しかしそれでは、本当の意味で国のためになるとは言えない。

リーネも同じように思ったようで、力強く頷いてみせた。

「かしこまりました、リンク殿下。私達はそのようにしたいと思います」

「感謝します。それでは私も持ち場がありますので、これで失礼いたします……ええ、ようやく、この時が来ました」

「……？」

リンクがこの場から去る直前に零《こぼ》したその言葉を聞き、トモヤは首を傾げた。

まるで今のリンクの言い方だと、今の状況——魔物の襲撃を待っていたかのように聞こえたからだ。

当然、この国の第一王子ともあろう人間がそのようなことを望むはずがないため、別の何かを示しているのだろうが……それが何であるかまでは、トモヤには分からなかった。

何はともあれ、今トモヤにできることはこの場で待機することのみ。

とはいえ、この国の騎士団の実力は確かだという話だし、実際にトモヤ達に出番が回ってくることはないだろう。

そんな風に考えていると、二人のもとに優雅な歩みでユーリが近付いてくる。

「トモヤさま、リーネ。二人もお兄様からこの場で待機を命じられたのですね」

「ふむ。二人も、ということは、ユーリも同じか」

「ええ。残念ながら私は、お兄様とは違い騎士団には所属していませんから」

かつてはリーネのライバルであったことからも分かるが、ユーリはもしもの際の救援として戦力に数えられるほどの実力者らしい。

その後、ユーリから話を聞くと、もし騎士団に万が一のことがあれば通信のマジックアイテムで直接ユーリのもとに助けが求められるらしい。

とはいえ、実際にそのようなことは起こらないというのがユーリの主張だった。

「今回のような魔物の大量出現では、騎士団を数十の小隊に分けて対処に当たります。どの小隊もBランク程度の魔物なら問題なく討伐できますし、Aランク相手でも時間を稼ぐくらいならできるはずです。騎士団の力を全て発揮すれば、今回も問題なく魔物を撃退できることでしょう」

ただ、と。ユーリは続ける。

「問題は今回の魔物がどこから発生したのかという点ですね。話によると、見張りの騎士は魔物が城壁のすぐ近くに来るまで接近に気付けなかったとのことですが……討伐が終われば、今後のためにも原因を突き止めておくべきでしょう」

「直前まで接近に近付けなかった……か」

ユーリの言葉を復唱するように、トモヤはそう小さく呟く。

防衛をする上で、敵の接近に気付けないのは確かに大問題だ。ユーリもそこを問題視しているのだろう。だけどトモヤが違和感を覚えたのは、それ以外の部分だった。

その違和感の正体を明確に説明することはできない。

喉に引っ掛かった小骨のように、微弱ながらも明確にトモヤの注意を引くのだ。

しかし、そのどれもが違和感の範疇《はんちゅう》を出ることはなく、ユーリの言う通り問題なく今回の騒動は解決することだろう。

そう思っていたトモヤだったが、その予想はすぐ外れることになる。

ビビビビ、と。

突如として、ユーリの持つ魔石型のマジックアイテムから音が鳴り始めた。

トモヤ、リーネ、ユーリの三人は驚いたように顔を見合わせる。

「ユーリ、それから音が鳴るってことはまさか……」

「ええ、恐らくはトモヤさまが危惧《きぐ》する通り……！　静かに、声が聞こえます！」

これが救援の要請であれば、すぐさま助けを求める場に向かわなくてはならない。

一言一句聞き逃さないように集中するトモヤたちの耳に飛び込んできたのは、予想外の声だった。

『第8小隊、隊長のモントだ……！　申し訳ない、飛行型の魔物数体に城壁を突破されてしまった！　他の魔物を食い止めるため、そちらに戦力は回せない！　至急、救援を頼みたい！』

状況は緊迫しているのか、それだけを告げて通信は切れた。

だが、トモヤ達はすぐに動き始めることはできなかった。

なぜなら、マジックアイテムから聞こえてきた声も名前も、トモヤたちが良く知っている人間のものだったから。

「父上……！　ということは、きっと兄上達もそこに！」

動揺するトモヤ達の中で、真っ先にリーネが僅かに震えた声でそう零《こぼ》す。

その声ではっと意識を取り戻したトモヤは、すぐさまユーリに尋ねる。

「ユーリ、モント……第8小隊の配置を教えてくれ！」

「は、はい！　第8小隊は王都より南東――居住区のすぐ近くです！」

「了解だ。いくぞ、リーネ」

「あ、ああ！　急ごう！」

もしもの時のためユーリはこの場に残り、トモヤとリーネはモント達のもとに向かうこととなった。


王城を出たトモヤは、今後の方針について素早く考える。

リーネには申し訳ないが、彼女とトモヤの移動速度は大きく異なる。状況的にはトモヤ一人だけでも先に移動した方がいいだろう。

しかし、今もまだ焦った様子のリーネをここに置いて行くのもあまりいい気分ではないし、モントの連絡によると、敵は今もモント達が食い止めている魔物達と、既に城壁を超えている魔物達の二手に分かれているようだ。となるこちらも二人で向かった方が臨機応変に対応できるだろう。

速度と人数、そのどちらも欠けない方法はないかと考えた後、トモヤは一つの方法を思いつく。

「リーネ、一瞬でモントさんのもとに向かいたい。協力してくれるか？」

「分かった。何をすればいい？」

「お姫様抱っこをさせてくれ」

「……うん？」

よし、許可は貰えたみたいだ。

トモヤはセルバヒューレでシアにしたときと同じように、リーネをお姫様抱っこする。

「な、ななな、トモヤ！　君はこんな時に何をしているんだ！」

「えっ？　だって今、リーネも〝うん〟って言っただろ？」

「それはそういう意味では――」

リーネは何か言いたいことがあったみたいだが、今は時間がない。

トモヤは素早く二つのスキルを発動する。

一つは防壁Ｌｖ∞のうち、対象者の体を守る纏壁《てんへき》をリーネに発動する。

続けて風魔法Ｌｖ∞を発動し――

「ウィンド」

「――ッ!?」

――爆風によって、トモヤは空を飛んだ。

これで普通に街道を走るよりは、遥かに短い時間で目的地まで辿り着けるだろう。

その証拠に、一キロ以上離れた目的地にものの数秒足らずで辿り着く。

「ついたぞ、リーネ」

「も、もうか？　規格外にも程があるだろう……」

ようやくこの状況に少し慣れたのか、冷静な声でリーネはそう零《こぼ》した。

トモヤとリーネはそのまま、上空から状況を確かめる。

居住区の上空には、通信にもあったように飛行型の魔物が五体飛んでいる。

あの魔物には見覚えがある。Ｂランク上位指定魔物――ワイバーンだ。

上空を旋回しているということはまだ居住区に攻撃はしていないのだろうか。そんな淡い期待をしてしまうが、視線を下に向けるとすぐに現実を突きつけられてしまう。

ワイバーンの攻撃のせいか、倒壊した建物が数棟存在する。

その周りには、ワイバーンの脅威から逃げようとする住民の姿。

そしてそんな彼らを守るように、剣や槍《やり》、盾を持った男性が何人も立っている。

どうやら、既に戦いは始まっているようだ。

「……少し遅かったか」

やはり自分一人が先に向かうべきだったかと反省するトモヤだったが、リーネは「いや」と首を横に振る。

「確かに既に襲撃はあったようだが、ワイバーンの群れが上空で様子を窺《うかが》っているということは、彼らは迎撃に成功したのだろう。見える範囲では大怪我を負っている者もいない。今ワイバーンを倒せば、被害は最小限に抑えられるはずだ」

「そうか。だったら早速――」

とんっと、近くにある中で一番高い建物の上に着地し、トモヤはリーネを下ろす。

「ここは任せる」

「ああ」

するとリーネはすぐに屋根の上を駆けながら城壁に向かっていく。

こちらはトモヤに任せて、リーネはモント達の援護に向かったのだ。

リーネを見届けた後、トモヤは手をワイバーンの群れに向ける。

目標は少し離れているが――矢を放つ時のように集中力を高めてから、指先に溜めた純白の魔力を放つ。神聖魔法Ｌｖ∞、発動。

「ライトアロー」

そうして放たれた五本の矢は、見事に全てワイバーンの胴体を貫く。

それがトドメとなったようで、ワイバーン達は消滅していった。

「よし、これでひとまずはＯＫだな」

討伐を確認できたため、そのまま建物を飛び降りて、武器を構える男性達のもとに向かう。彼らは突然ワイバーンの姿が消えたことに驚いている様子だった。

「お、おい、いきなりワイバーンがいなくなったぞ」

「一体何が起きたんだ？　訳が分からねぇ」

「もう平気なのか……？」

そんな彼らに向けて、トモヤは声をかける。

「安心してください。ワイバーンの群れは俺が倒しました」

「なっ、あんたがか？　見ない顔だが、一体何者だ？」

「それよりも先に、怪我人はいませんか？　治癒魔法を使います」

「っ、助かる！　こっちに来てくれ！」

そう言って連れていかれた先には、建物の倒壊に巻き込まれかけた者達が数名いた。とはいえ全員が軽傷であり、トモヤの治癒魔法にかかればすぐに全快した。

「おお、傷が一瞬で消えた！　すげぇ！」

「ワイバーンを倒してくれるだけでなく、治癒魔法まで……助かりました、本当にありがとうございます！」

「ぜひお礼させてください！」

彼らはトモヤに向けて次々と感謝を告げてくる。

それ自体はありがたいが、今は残念ながら応じている余裕がない。

リーネの後を追って、モント達のもとに向かわなくてはならないからだ。

リーネがついているため、もしものことはないと思うが、注意するに越したことはない。

「……ん？」

などと考えていると、トモヤの視界に、城壁の方から歩いてくる複数人の姿が見えた。

傷だらけになりながらこちらに向かってくるのは、モントをはじめとしたエレガンテ家の男性陣。中でもモントは一番傷が深いようで、リーネに肩を借りていた。

こうして戻ってきたということは、外の魔物は全て撃退できたのだろう。

しかしながら、それを手放しに喜べる状況ではないのは確かだった。

なんにせよ、今はモント達の怪我を治すのが先だ。

トモヤから彼らのもとに駆け寄ろうとした、その時だった。

「これは……酷《ひど》い有様ですね」

「ん？」

声がした方を振り向くと、そこにはリンクを含めた騎士が十人近く立っていた。

彼らは倒壊した建物を見て、不快そうに顔をしかめている。

と、ここでリンクは一度咳払いをして、トモヤ、そしてモント達に視線を向ける。

「一応報告しておきます。今回の魔物の大群による襲撃ですが、騎士団の者達の活躍により無事防衛できました——ただ一つ、この場を除いて」

その言葉に真っ先に反応したのはリーネだった。

「リンク殿下、その言い方だと、父上達が任務に失敗したように聞こえるのですが」

その反論に対し、リンクは悲しそうに目を伏せる。

「残念ながらその通りです、リーネ。どうやら持ち場の魔物は全て討伐できたようですが……こうして城壁内に侵入を許し、さらには民を危険に晒《さら》すようではとても防衛に成功したとは言えません。居住区付近に配置された小隊は、我が騎士団の中でも実力ある者達だったはず……ワイバーン程度に足元をすくわれるなどあってはならないことなのです。これは理解できますね、モント」

「……はい、おっしゃる通りです。リンク殿下」

リンクの乱暴な物言いに対して、モントは否定することなく受け入れる。

「此度《こたび》の失態については、いずれかの形で責任を取ってもらうこととなるでしょう。詳細は近いうちにお伝えいたします——それでは皆さん、城に戻りましょう」

「「「はっ」」」

「な、お待ちください、リンク殿下——」

最後に引き留めようとするリーネだったが、リンクは止まることなく他の騎士を引き連れて王城に戻っていく。

（…………）

それをトモヤは黙って見送ることしかできなかった。

先ほどのリンクからモントへの言葉に対しても、反論したい気持ちはあるものの、彼らの失態によって居住区の人間が被害を受けたことは確かであり、発言の全てを否定することはできないと思ったから、というのも理由の一つだ。

だが、それ以上に大きな理由が一つあった。

リンクがモントに責任を追及する発言している最中、彼が小さく笑っていることを……正確には口角が微かに上がっていることをトモヤは見逃さなかった。

それを見て、トモヤは一つ疑問を抱いた。

悲しんだように目を伏せていたのは、感情を読み取られるのを避けたかったからではないだろうか——と。

これまで見てきたリンクの清廉潔白な振る舞いからは想像もつかない、突拍子もない発想。

しかしトモヤにはどうしても、それが正しいとしか思えなかった。

だからといって確かな証拠があるわけでもない。今ここでそれを口にするべきではないだろう。

それよりも、今は意識を割くべきことがある。

振り向くと、そこには納得いかない様子のリーネと、絶望を突きつけられたかのようなモント達の姿がある。

……この明らかに暗い雰囲気を打破することこそが、きっと今のトモヤに求められることなのだろうと、心の中で思うのだった。

◇◆◇

その後、トモヤが治癒魔法でモント達の怪我を治し、暗い空気のまま皆で館に戻った。

せめてもの救いだったのは、トモヤがワイバーンの群れから助けた者達が、心から感謝を伝えてくれたことだった。

館に帰宅後、モント達は体力の限界ということですぐに眠りについたため、詳しい話を聞くことはできなかった。

その異様な雰囲気を不思議に思ったのだろう。館で待っていたルナリアやシアからは何があったのかと尋ねられた。

そこで簡単に事情を話したが、二人が言うには、魔物の大群による襲撃があったことすら気付かなかったとのことだった。

やはりリンクの言った通り、モント達の持ち場以外では完璧に魔物の襲撃を食い止めることができていたのだろう。

それが騎士として絶対に成し遂げなければならないことならば、リンクが強く非難した理由も一応は理解できる。

ただ、トモヤにはそれがどれだけの罪に当たるのか想像することはできないが。


そんな釈然としない気持ちを抱えながら過ごすこと半日。

つまり翌日の朝にはモント達の体調はもとに戻ったようで、朝食の場に姿を現した。

食事後、場にはトモヤ、リーネ、モント、モルド、リーズだけが残る。

そして昨日、あの場で何があったのか、モント達は改めて説明してくれた。

「私達が現場に向かった際、目撃したのはワイバーンを含む飛行型の魔物と、地上から進撃してくる魔物の群れだった。CランクからBランクといった強力な魔物が20体近く存在しており苦戦を強いられたが……それでも、普段の私達ならば問題なく撃退できる強さの相手だった」

冒険者ランクに対応させると、モントはAランク、モルド達はBランクの実力を有しているとのことであり、確かに彼らならば撃退は可能だとトモヤも思った。

しかし、魔物達と戦闘を繰り広げている最中、突如として不思議なことが起こったとモントは告げた。

「戦闘の最中、まるで妨害系の魔法をかけられたかのように突然体が重くなったのだ。そう感じたのは私だけではない」

その言葉に、長男のモルドが頷く。

「私やモリア、モールも同じように感じたよ。しかし私達が相手にしている中にはそのような魔法を発動できる魔物はいなかった。状況を改善する手段が見当たらないまま押し込まれていき、連携が途切れたタイミングで上空から侵入を許してしまったというわけさ」

「なるほど」

モルド達の表情からはとてもその言い分が言い訳のようには聞こえず、素直に事実であると信じることができた。

しかし、そうなると問題なのは、なぜ突然そのような事態が発生したかだ。

それも、恐らく騎士団の中でモルド達にだけ。

……そこに何者かのよこしまな思惑を感じ取ってしまうのは、果たして自分だけなのだろうか。

いや、それよりも今重要なのは、現状をどのようにして乗り越えるかだ。

「モントさん、仮に昨日の件について責任を追及されることになるなら、一体どんなことを求められるんでしょうか？」

「……そうだな。まずは倒壊した建物を再建するための費用の負担、騎士団における役職の降格……最悪の場合を想定するなら、爵位の剥奪すらありえるかもしれない」

「なっ……それはつまり、貴族ではなくなるということですか？」

「ああ。エレガンテ家は私が初代当主の、歴史の浅い家だからな。そうなっても決しておかしくはない……しかしまあ、さすがに今回の失態でそこまでの処遇が言い渡されることはないだろう」

実際に爵位が剥奪《はくだつ》されることはないだろうというモントの言葉を聞き、トモヤはほっと胸を撫で下ろす。

しかし、この国の事情に詳しくないトモヤを除く面々は気落ちした様子だった。

そんな中、リーズが困ったように手を頬《ほほ》に当て、小さく口を開く。

「仮に爵位剥奪とまではいかなかったとしても、我が家にとっては大きな痛手となりそうですわね。この館を建てたことで我が家の金銭事情はよろしくありませんし、騎士団における降格は、我が国の貴族にとっては大きな不名誉となります」

リーズの発言を聞き、モント達は顔をしかめる。

どうやらトモヤが考えている以上に、状況は芳《かんば》しくないようだ。

……仮に処罰が金銭関係だけならば、トモヤやリーネ達が旅をする中で得てきたお金を援助するくらいならしても構わないと思っている。どれだけの金額かは不明だが、まず足りないということはないだろう。

しかしながら、名誉についてはトモヤにはどうすることもできない。この地に住む者達の問題となってくるからだ。

自分がこの家のためにできることはないか必死に頭を悩ませている、その時だった。

部屋の中に入ってきた使用人がモントのもとに歩いて行き、耳元で何かを囁く。

それを聞いたモントは真剣な表情を浮かべて立ち上がった。

「どうやらリンク殿下がお越しになったようだ。処遇を言い渡しに来られたのだろう。応接室に通してくれ、すぐに向かう――」

そう言い残し、モントがこの部屋から立ち去ろうとした次の瞬間、

「――いいえ、その必要はありませんよ、モント」


明瞭《めいりょう》かつ、芯の通った声が部屋いっぱいに広がった。

見ると、そこには正装に身を包んだリンクと、その従者らしき者達が立っていた。

……どうやら兄妹《きょうだい》揃って、出迎えを待たずに家に上がってくるのが好きなようだ。

突然現れたリンクに対して、モント達は姿勢を整える。

「リンク殿下、この度はわざわざここまでご足労いただきましたこと、感謝申し上げます……用件はやはり、昨日のことについてでしょうか？」

「はい、その通りです。貴方達の処遇が決まりましたので、お伝えしにまいりました」

と、ここでリンクはトモヤを一瞥《いちべつ》する。

「ふむ、エレガンテ家ではない者もいるみたいですが……まあ、構いませんね。さっそくお伝えいたします」

前置きを終えたリンクが次に告げるのは、モント達に下される処罰。

それが一体何であるか。緊張に包まれた空間の中、トモヤ達はリンクの言葉を待つ。

金銭的な負担か、役職の降格か。モント達からすれば、できれば前者のみで済ませてもらいたいところだろう。

そしてとうとう、リンクは告げる。

「モント、昨日における貴方の失態は、騎士として――この国の貴族として、到底看過できるものではありません。残念ですが、貴方からは子爵家の爵位を返していただきます」

「なっ！」

リンクの言葉を聞き、モントが驚いたように声を上げる。

その横では、トモヤ達もまた驚愕に目を見開いていた。

子爵家の爵位を返してもらう――すなわちそれは、爵位剥奪という意味だ。

モントが想定していた最悪の事態が現実となったことを信じられなかったのだ。

これにはここまで傍観していたリーネも痺れを切らしたのか、勢いよく立ち上がると反抗の意思を見せる。

「お待ちください、リンク殿下！　お言葉ですが、私には父上がそこまでの失態を犯したようには思えません！　私達が力を貸したとはいえ、結果的に民の命は守られ、魔物の群れの撃退には成功いたしました！」

「いいえ、リーネ。これはそれ以前の問題なのです。我が国の騎士は民にとって憧れであり模範となるべき存在です。そのような存在があの程度の魔物に敗れ、城壁を突破され、民を危険な目にあわせたこと、とても許されることではありません。現に、昨日ワイバーンに襲われた者達は、自分達を危険な目にあわせた騎士に対して強い怒りをあらわにしていました」

「……えっ？」

リンクの言葉に、トモヤは思わず首を傾げた。

リンクの言うワイバーンに襲われた者達が、トモヤが救った者達だとするならば、彼らは怒るどころかトモヤ達に深く感謝していたからだ。

疑問を抱くトモヤの前で、リンクは話を続ける。

「なお、爵位の剥奪の他に、エレガンテ家には破壊された建物などの弁償もしてもらう必要があります。何度も申しますが、これは既に決まったことです。決して覆ることはありません――ただ一つの解決策を除いて」

「……なに？」

ここで少し風向きが変わる。

今のリンクの発言は、まるでエレガンテ家に言い渡された処罰を回避する方法があるかのような言い方だった。

「この処罰の内容は我が国の上層部のみで話し合い既に決まったことですが、私個人としては思うところがないわけではないのです。今回は失態を犯してしまったとはいえ、私はモント達の実力には深い信頼を置いています。そうでなければ重要箇所の防衛を任せるはずがありません」

ここで一度、リンクは一呼吸置く。

「しかしながら、第一王子の立場とは言え、私一人では上層部の決定を覆すことはできないのです。こう言ってはなんですが、エレガンテ家はまだ一代目の子爵家。なくなってしまったとしてもそこまでの被害は出ないと多くの者が考えているのです」

「……その者達の反対を退ける方法があると、リンク殿下はおっしゃるのですか？」

「ええ、リーネ。エレガンテ家が潰れても構わないと思う者がいるから、このように押し通されてしまうのです――ならば方法は簡単です。エレガンテ家がこの国にとって必要不可欠であると彼らに証明できれば、爵位の剥奪はなされないでしょう」

「しかし……どうやってその証明をすればいいのですか？」

「リーネ、貴女が私の后《きさき》となるのです」

「……は？」

あまりにも自然な流れで出た言葉に、リーネは何を言われたのか分からないとばかりに小首を傾げる。

トモヤもまた、突拍子もない発言に動揺してしまっていた。

リーネが后《きさき》になる？　誰の？　リンクの？

それを申し込むということは、つまるところ——求婚、なのではないだろうか。

誰もが突然の出来事に混乱する中、落ち着いているのはリンクだけだった。

「良い案だとは思いませんか？　王家に嫁いだ者がいるという実績があれば、エレガンテ家にも箔が付き、爵位剥奪を回避することができるでしょう。そして王家にとっても、リーネ程の実力者と血縁関係を結べることは大きなメリットになります。双方にとって利益のある解決方法だと思うのですが、いかがでしょう？」

混乱するこちら側に追い打ちをかけるように、リンクは彼とリーネが婚約するべき理由を語っていく。

それに真っ先に反応したのはモントだ。

「お、お待ちくださいリンク殿下。今回の責任は全て私にあります。リーネが責任を負う必要などありません」

「それは分かっています。だからこそ、こうして双方にとって利益のある方法を選んだのです。ただ責任を取るのとは大きな違いがあるのですよ」

「……し、しかし、仮にその方法を取るとして、他の者達が納得してくれるとは限らないのではありませんか？」

「その点については安心してください。他の方々もSランク魔物を単独で討伐し得るリーネがこの地に留まってくれるならと、快くこの案を受け入れてくれました。良かったですね、リーネ。貴女のおかげで、エレガンテ家を守ることができますよ」

リンクは優しい笑みを浮かべてそう告げる。

対するリーネは、湧き上がる感情を抑え込むかのように目をつむっていた。

「……まるで私がその申し出を受け入れるかのようにおっしゃるのですね」

「？　当然です。この状況で選択肢は一つしか残されていないでしょう。私には、貴女が自らの家族をむざむざ見捨てるような人間にはとても思え――」

「――そういうことではない！」

「ッ！」

これまでの丁寧な敬語を投げ捨てて、リーネは叫んだ。

リンクを睨みつける翡翠《ひすい》の双眸《そうぼう》には、明らかな怒りの色が浮かんでいる。

リンクはそんなリーネを初めて見たのか、動揺したように口を閉ざしていた。

「家を守るだとか、箔がどうだとか、それ以前の問題だ。あまりにも常識外れの処罰が下されたかと思えば、それを回避するためには私の身を捧げろだと？　はっきり言わせてもらうが、論外だ。そのような申し出を私が受け入れるなどありえない」

ここで一瞬、リーネはトモヤを見た後、再び視線をリンクに戻す。

「そもそも、私には貴方の行動こそ理解に苦しむ。私が王家に入るとなれば、嫁ぐ先は貴方のもとなのだろう？　我が家と王家の両方に利点があるとは言ったが…私には、貴方が自分自身を犠牲にして、好きでもない相手と婚姻《こんいん》関係になる程の利点があるとはとても思えない」

リーネの言う通りだと、トモヤも頷いた。

リンクが提示した条件があまりにも衝撃的過ぎて混乱していたが、冷静に考えればかなり不自然だ。

エレガンテ家に箔があれば、処罰を免れることができるという主張には納得する。

しかし、そこで何故わざわざ第一王子の婚約者という貴族としてかなり重要であろうカードを切ってまで、エレガンテ家を助けようとするのか。

仮にリーネという戦力を国が保有できるのだとしても……事件が起きてから半日という短い時間で思い切って決断できるほどのことなのだろうか？

何か他の理由が隠されているのではないか。

そう考えてしまうのも仕方のない状況だった。

リーネやトモヤ達が疑いの目をリンクに向ける。

しかし、

「なるほど、貴女が問題視しているのはそこでしたか……なら、問題はどこにもありませんね」

「……なに？」

リーネの反論を聞いても、リンクが姿勢を変えることはなかった。

それどころか、続けて驚くべき発言をする。

「なぜなら私は、リーネ、貴女を慕っているからです」

「────ッ！」

それは予想していなかったのだろう。リーネは驚愕の表情を浮かべ後ずさった。

「リンク殿下、今の言葉は一体……」

「そのままの意味です。ですから私個人としても、貴女と婚姻関係になることは望みこそすれ拒絶することではないのです。これで、こちら側の問題は一切なくなりました」

にこりと、感じのいい爽やかな笑みを浮かべたリンクがリーネに歩み寄る。

「賢明な貴女ならばもう分かっているはずです。今、どうするべきかを」

「っ」

「さあ、リーネ。後は貴女が決断するだけです！　王家とエレガンテ家、そしてこの国のより良い未来のために、私と一緒の道を歩きましょう！」

言葉巧みに相手から選択肢を奪い、袋小路に閉じ込めた後、リンクはそこから救い出すかのように自らの手をリーネに差し伸べる。

「…………」

その光景を前にして、トモヤは自分自身に問う。

……ああ、もう、いいだろうかと。

エレガンテ家の一員でなく、ましてやデュナミス王国の国民ですらないトモヤは、彼らの話し合いにどこまで干渉していいのか分からず傍観に徹してきた。

しかし、それももう限界だ。

もしかしたら、この国の常識で考えればリンクの言っていることの方が正しくて、せっかく差し伸べられた救いの手を振り払おうとしている自分達の方が間違っているのかもしれない。

けれど、そんなことは関係ない。

今この胸に生まれた思いは、正しいだとか間違っているだとか、そのような理論めいたものからはかけ離れた純粋な感情だ。

リンクがリーネのことを勝手に交渉材料にした上で、彼女の気持ちも聞かずに行動を強制しようとする。

そのあまりにも不遜《ふそん》な態度に――

――かなり、ムカついたのだ。

故に、

「いい加減にしろ」

パシンと、リーネの腕を掴もうとするリンクの手を、トモヤは叩き落とした。

突然の出来事に、場は一瞬凍り付く。

誰もがトモヤの行動に目を見開き、リンクは叩かれた自分の手を見ていた。

すると、これまで会話に入ってくることはなかった、リンクと共にやってきた従者達が血相を変えて前に飛び出てくる。

「き、貴様！　一体何をしている！」

「リンク様に手を出したな！　これは許されることではない！」

「この場で処分を下すべきです！　許可をください、リンク様！」

「……まあ、こうなるか」

一国の王子が、国民ですらない者に暴力を振るわれたのだ。この反応は当然だろう。

しかし、トモヤは覚悟を決めた上で行動したのだ。今さら引くつもりはない。

トモヤと従者達の間に一触即発の空気が流れる中、

「お待ちください、皆さん。そう結論を急ぐことはありません」

対立の発端となったリンクの一言によって、薄《う》っすらと緊張が緩和される。

すると、続けてリンクは叩かれた手をトモヤに見せつける。

「トモヤ、これはどういうことか説明していただけますか？　話し合いに参加する様子がなかったため、部外者である貴方がいる場で彼女たちと話していたのですが……どうして突然、このような真似を？」

「……わざわざ説明が必要か？　お前がリーネにしていることを考えれば、すぐに答えは出ると思うが」

「いえ、分かりませんね。聞いた話によると、貴方とリーネは同じパーティの仲間とのことですが……〝その程度の関係で、話に入ってこないでいただきたい〟。彼女の決断に、貴方のような部外者の意思を介入させたくはないのです」

「……随分と言ってくれるな」

こちらに向けられるリンクの目を見て、トモヤはようやく気付いた。

リンクがトモヤに抱いている感情に。

これまでは爽やかな笑顔や丁寧な言葉で取り繕っていたが、今に限っては剥《む》き出しになっている……その感情とはつまり、トモヤに対する敵意だった。

どのような経緯で彼がトモヤに敵意を抱くようになったのかは分からない。

仮に彼がリーネのことを慕っているというのが本当ならば、これまでトモヤがリーネと長い時間を共に過ごしてきたという事実に嫉妬《しっと》しているのかもしれない。

まあ、そんなことはどうでもいい。

大切なのは、今ここでリンクからリーネを守り抜くことだ。

そのための方法を考える。

リンクは先程、トモヤが部外者だと言った。これは国の問題であるため、同じパーティであるというだけではそれに関わる資格がないと主張しているのだ。

トモヤが自分の思うままに反論することは可能だが、恐らくそれでは意味がない。

何故なら、きっとトモヤとリンクの基盤となっている常識そのものが違うためだ。そのような状態で議論したところで、平行線が続くだけだろう。

いっそのこと武力で解決できるなら簡単なのだが、それがリーネ達のためになるとはとても思えない。現状を打破するためには、もっと別の方法が必要となってくるはず――


「――叛逆決闘《デファイ・デュエル》を執り行えば、いいのではありませんか？」


――直後、そんなセリフが室内いっぱいに響いた。

この場にいる誰もが、そのセリフを言った女性――リーズに視線を向ける。

彼女はこのような状況においても、柔らかい笑みを浮かべ続けていた。

「叛逆決闘？」

聞き覚えのない言葉に首を傾げるトモヤを見て、リーズは続ける。

「叛逆決闘とはこのデュナミス王国に古くから伝わる決闘の一種です。様々な事情で恋人が他人の婚約者になる際、決闘を申し込むことでその決定を覆すことができるのです」

「…………」

そこでふと、トモヤは思い出した。

ノースポートでトモヤがグエンと決闘を行う際、たしかにリーネが似たような話をしていた。

リーズの言う通り、その方法ならこの状況を覆せるかもしれない――

「――いや、待て」

トモヤはそこで、一つの問題に気付いた。

いま教えてもらった叛逆決闘について、それを申し込むにはとある前提条件が必要となっているが、それをトモヤが満たしていないことに、だ。

同じことをリンクも思ったのだろうか。苛立ちを必死に抑え込んでいるかのような表情で、眉をあげた。

「……面白いことを言いますね、エレガンテ夫人は。叛逆決闘を申し込む権利があるのは恋人だけです。リーネとトモヤはそういった関係ではないと把握していましたが……違いましたか？」

リンクの言うことはたしかに正しい。

トモヤとリーネは現在、そういった関係ではない。

だけど――いまこの場において、馬鹿正直に答えてやる必要はない。

覚悟を決めて、トモヤは告げた。

「残念だったな、俺とリーネはれっきとした恋人だ」

「なあっ⁉」

すると、リーネが驚愕の声を上げる。

おい、お前が驚いてどうする。嘘だとバレたら面倒なことになるぞ。

トモヤは心の中でそう思った。

だが、当のリンクはというと、そんなリーネの反応を気にする素振りを見せなかった。

その場で顔を伏せて黙ったかと思えば、数秒後、自身に満ちた笑みを見せる。

「はは、ははは、はははは！　そうですか、理解しました。そういうことならば、その決闘を受け入れましょう。明日の正午に、剣神の像のもとで決闘を執り行います。トモヤ、貴方もそれで構いませんね」

「ああ」

「それでは、今日のところは帰ることにいたします。行きますよ、皆さん」

そう言い残し、リンクは従者を連れてエレガンテ家を後にした。

残されたのは、トモヤ、リーネ、リーズ、モント、モルドの五人。

「と、トモヤ、君はいったい何を言って……！」

その中で、リーネだけは未だに顔を真っ赤にしたまま、トモヤの両肩を掴む。

「いやほら、ここを乗り切るにはああするしかなかったからさ！」

対して、トモヤは必死に理由を説明する。

「うふふ、ひとまずはなんとかなりましたね」

そんな二人を見ながら、リーズは変わらず笑みを浮かべ続けるのだった。

第五章　剣神の継承

リンクが去った後、残された者達が改めて席に着く。

まだ約一名、顔を赤くしたままだが、お構いなしにリーズは口を開く。

「さて、これで一応の落としどころが見つかりましたが……トモヤさん、貴方を巻き込むような形になってしまって、ごめんなさいね」

「いえ、俺もあのまま言いなりになるつもりはなかったので、逆に助かりました。結果として相手を騙すような形にはなったけど、ああする以外に方法はなかったと思います」

「あらあら、相手を騙すような形、ですか？　あの力強い発言からはとてもそんな風には思いませんでしたが……いいえ、そういうことにしておきましょうか。ね、リーネ？」

「な、何故私に振るのですか、母上！」

「それはもちろん、貴女が大いに関わっているからです」

「む、むうぅ」

リーズの正論を前に口を閉ざすリーネを見て可愛いなと思いながらも、ふとトモヤの頭の中に一つの疑問が思い浮かぶ。

「けど、なんでリンクはあんなに潔く引いたんですかね。俺とリーネが恋人であることをもっと疑ってくるかと思ってましたが」

「あら、それはもちろん、トモヤさんが夜会でリーネをエスコートしてくださったからですよ。そのおかげで多くの方に、トモヤさんとリーネが親密な関係であると知らしめることができましたから。そのため、こちらが強く言い張れば否定するのは難しいと判断したのでしょう」

「なるほど」

納得し、トモヤは頷く。

まさか昨日エスコートした効果が、こんな風にして現れるとは。

もしかしてリーズは、こういった状況になることも想定して、トモヤにリーネをエスコートするように言ったのかもしれない。

可能性は低いだろうが、リーズの表情を見れば、あながちありえなくもないような気がしてしまう。

と、ここでもう一つ訊きたいことがあることを、トモヤは思い出した。

「そうだ。モントさん、仮に明日俺がリンクに勝てば、リーネを婚約者にするという話はなくなるかもしれませんが、処分自体はどうなるのですか？」

「ふむ、そうだな。今回はエレガンテ子爵家の爵位剥奪を防ぐ代わりに、リーネを婚約者にするという条件だったな……純粋な政略結婚ではなく、こちらに落ち度があった上での決闘であるため、仮に勝利したとしても完全に処分から逃れることはできないだろう。ただ、それでもある程度の減刑はされるはずだ。それに打算的な話になるが、リンク殿下に勝る程の実力者とエレガンテ家に親交があるとなれば、国としても圧力をかけにくくなるだろう。まことに自分勝手な話だが、君の力を借りてもいいだろうか？」

「もちろん、初めからそのつもりです」

トモヤは力強く頷いた。

なんにせよ、トモヤがすべきことは決闘でリンクに勝利する。ただそれだけだ。

「ほら、リーネ。貴女からもトモヤさんに言うことがあるのではないですか？」

と、気合を入れるトモヤの前で、リーズがリーネにそう言った。

それを聞いたリーネは少しだけ赤さが引いた――だけど恥ずかしさは残った表情のまま、ゆっくりと口を開く。

「と、トモヤ……すまないが、よろしく頼む」

「あ、ああ」

そんなやり取りを終えて、翌日。

とうとう決闘の瞬間がやってくるのだった。

剣神の銅像がある巨大な円形の広場に辿り着いたトモヤの視界に映るのは、驚くべき光景だった。

「なんだ、この人の数は……」

広場には千人を超えるほどの人が集まっていた。

貴族らしき人から、平民らしき人まで、多種多様な集まりとなっている。

彼らはどこからかトモヤとリンクの決闘についての話を聞き、こうして野次馬として見に来ているようだった。

◇◆◇

「こんな大勢の前で、愛を証明する決闘をしてもらえるとは。リーネが羨ましい」

「トモヤ、がんばってねっ！」

驚くトモヤとは違い、応援に来ていたシアとルナリアは、それぞれ異なる反応をしていた。どうやら二人は、トモヤが勝つことを疑っていないみたいだ。

「……実際、負ける気はしないけどな」

知っての通り、トモヤはステータス・オール∞という常軌を逸した実力を誇る。

リンクには申し訳ないが、この決闘が始まった段階でトモヤの勝利は確定したといってもいい。

……だからこそ、浮かび上がる疑問も存在するが。

「リンクは決闘を受ける時、どうも自信があるように見えたんだよな。オール∞のことは知らないとはいえ、改めて考えてみるとかなり妙だ」

トモヤは既にSランク冒険者として、この国では名が知られている。

対するリンクはというと、彼は自分から冒険者のランクで考えればAランク程度の実力だと述べていた。それが事実だとすれば、勝ち目がないことなど分かるはず。

にもかかわらず、彼は迷うことなく決闘の申し入れを受け入れた。

そこに何か、重要なことが隠されている気がしてしまう。

と、そんな風に思っていた時だった。

「リーネ！　貴女、いったい何を考えているんですか⁉」

ここ数日で聞き慣れた声とともに、こちらに駆け寄ってくる少女がいた。

もちろん、その少女とはユーリのことだ。

「む、ユーリか。突然どうしたんだ？」

「突然どうしたんだ、ではありません！　昨日、お兄さまとトモヤさまがリーネをかけて決闘を行うと聞き、気が気ではなかったのです！　あのタイミングで私がエレガンテ家に行くわけにはいきませんでしたし……」

「普通に来ればよかったじゃないか」

「……おかしいです。どうして私がこんなに焦っているのに、当の本人はこんなに落ち着いているのでしょう。トモヤさまが負けたら、リーネはお兄さまと結婚することになるのですよ？　ま、まあ、わたくしとしては別にそれでも構わないのですが……」

ユーリは少し照れ気味にそう言った。

もしかしたらリーネと家族になれるのが、少しだけ嬉しいのかもしれない。

もっとも、リーネにはその気持ちが伝わっていないみたいだが。

「わ、私だって動揺はしたぞ？　……いきなりトモヤが私のことを恋人などと言うのだからな……」

「リーネ？　いま何とおっしゃいましたか？　後半がよく聞こえませんでしたが」

「ご、ごほん、何でもない。それから、リンク殿下がトモヤに勝ったらという話をしていたが、悪いがその可能性は初めから皆無だ。トモヤに勝てる者などいるはずがないからな」

「……自分の彼氏について惚気るのは結構ですが、そう簡単にいくとも限りませんよ。お兄さまは今回、我が国に伝わる宝剣を使用するつもりみたいですから」

ユーリの口から、気になったワードが出てきた。

「宝剣？」

「はい、トモヤさま。以前にも少し説明させていただきましたが、かつて剣神が使用し、炎魔イフリートを封印したという伝説の剣です。装備者の戦力を著しく上昇させる剣であり、国の有事の際にしか使用が許可されないので、普通ならばこのような決闘に使われるはずがないのですが……それほどまでに、王家がリーネを重要視しているのかもしれません。お兄さまは普段の何倍もの実力になっているはずです。それこそ、Sランク冒険者にも匹敵するほどに。トモヤさま、どうかお気を付けください」

「ああ、それは分かった。けど意外だな、兄じゃなくて俺の方を応援してくれるのか？」

「……わたくしも、今回の決定には少し不満があるのです。たまには家族を裏切っても罰は当たらないと、そう思いませんか？」

そう言って、ユーリはちらりとリーネに視線を向ける。

それを見てトモヤは理解した。ユーリはトモヤというよりも、リーネの意思が尊重される方を応援しようと思っているのだと。

そんな会話をしながら時間を過ごしていると、ざわざわと周囲が騒ぎ始める。

「リンク殿下がいらっしゃったぞ！」

「手に持っているのが、伝説の宝剣か。なんて神々しいんだ！」

「せめて戦いになるくらい、相手の方には粘っていただきたいわね」

歓声を受けながら姿を現したのは、外ならぬリンク本人だった。

その手には深紅に染まる長剣が握られている。

リンクはトモヤの前にまでやってくると、不敵な笑みを浮かべた。

「申し訳ありません、トモヤ。どうやらお待たせしてしまったようですね」

「問題ない。すぐに始めるか？」

「ええ、そうしましょう」

トモヤとリンクは広場の中心に移動し、人々はそこから距離を取って取り囲む。

今から始まる決闘を、心から楽しみにしているようだった。

「ああ、そうです。立会人についてですが、妹のユーリにお願いしようと思っています。トモヤもそれで構いませんか？」

「構わない」

まだ出会って数日だが、ユーリならどちらか一方に肩入れするような判断はしないはずだ。まあ仮にされたとしても、その思惑ごと蹂躙《じゅうりん》するだけだが。

「で、では、わたくしが立会人を務めさせていただきます」

事前に話を聞いていなかったのだろうか、少しだけ驚いた様子でユーリはトモヤとリンクの間に立つ。

間もなく、決闘が始まる。

その前にトモヤは、ふと観衆に視線を向ける。

緊張の面持ちで決闘を見届けるエレガンテ家の方々（リーズだけは笑顔）と、買い食いをしながらリラックスした表情を浮かべるシアやルナリア。

あの二人はもはやスポーツ観戦でもするような気楽さだ。トモヤの勝利を疑っていないのがよく分かる。すると、そんな二人に巻き込まれてリーネまで食べ始めた。おい、何やってんだ今回の中心人物。

とまあ、そんな最後の確認を終えた後、とうとうその時が訪れる。

トモヤとリンクは10メートルほど離れ、戦闘に備える。

リンクは宝剣を構え、対するトモヤは――

「お、おい、なんだあれ」

「漆黒の剣？」

「なんかやけに禍々しいな」

――終焉樹《しゅうえんじゅ》の核から生み出したその剣を、とうとう鞘から抜いた。

グエンとの決闘の際には使用する気にならなかったが、今ここでこそ使うべきだろう。

この、世界最硬の剣を。

トモヤは小さく、その剣の名を口にする。

「初めての実戦投入だ。いくぞ――終焉剣《ジオ・フィーネス》」

終焉剣を両手に持って構えた。

そんな二人を見た後、ユーリは手を上げ、高らかに叫んだ。

「これより、リンク・フォン・デュナミスとトモヤ・ユメサキによる叛逆決闘《デファイ・デュエル》を執り行います！　それでは——始め！」

そして、決闘が始まった。

決闘開始後、さっそく刃をぶつけ合う——前に、トモヤはしておきたいことがあった。

（この決闘で間違って相手を殺すわけにもいかないからな。悪いが、先にステータスを確認させてもらうぞ）

心の中でそう断った後、トモヤはリンクに鑑定を使用した。

リンク・フォン・デュナミス　22歳　男　レベル：51
職業：魔法剣士
攻撃：126900（+84600）
防御：119400（+79600）
敏捷：106800（+71200）

魔力：１２３６００（＋８２４００）
魔攻：１３０５００（＋８７０００）
魔防：１２０９００（＋８０６００）
スキル：火魔法Lv７（＋２）・剣術Lv７（＋２）・神聖魔法Lv５・防壁Lv５

その結果を見て、トモヤは驚愕に目を見開いた。

それは未だかつて見たことがない表記だった。

ステータスの各項目とスキルの一部の後ろに、＋〇〇と書かれている。

どうやらその分だけ加算された結果、それぞれの値になっているらしい。

ステータス・オール10万越え。確かにSランク冒険者と渡り合うには十分な数値となっている。しかしなぜ、このような現象が起きているのだろう？

トモヤはすぐ、その答えに辿り着いた。

（宝剣か）

ユーリは先ほど、あの宝剣は装備者の能力を著しく上昇させると言っていた。

そのため、ステータスの値や剣術のレベルなどが遥かに高くなっているのだろう。

――とはいえ、当然ながらそれでもなお、トモヤにとって敵ではないが。

「はあっ！」

叫び声とともに、リンクは宝剣でトモヤに斬りかかってくる。

これまでトモヤが出会ってきた人のなかでも、トップクラスの動きだ。

しかし、

「遅いな」

キンッ！　と、甲高い音が鳴り響く。

リンクの全身全霊の一撃を、トモヤは終焉剣《ジオ・フィーネス》によって軽々と受け止めた。

「まだです！」

続けて何度も攻撃を放ってくるが、その全てをトモヤは防ぐ。

それを見てリンクは一瞬だけ目を見開くが、すぐに表情を変えた。

「さすがはSランク冒険者といったところですね――ですが、まだ終わりではありません。ファイアストーム！」

「ッ」

リンクがそう唱えると同時に、トモヤの足元から業火《ごうか》の渦が発生する。

それは瞬く間にトモヤの体を包み込んだ。

「どうですか、トモヤ！　さすがの君でも、これが直撃してしまえば――がはっ！」

直後、炎の渦から飛び出してきたトモヤの足が、リンクの腹に突き刺さる。

リンクの体はそのまま、遥か後方へと吹き飛ばされていった。

「狙いは悪くなかったが、この程度じゃダメージを負うことはないな」

炎の渦から出てくるトモヤの体には、服を含めて汚れ一つついていなかった。

(服が汚れるのは嫌だったから一応防壁を使用して、攻撃ステータスを15万にした上で蹴りを加えたんだが……さすがにこれだけじゃ終わらないか)

トモヤの視線の先には、腹を押さえながらもなんとか着地したリンクの姿があった。

彼は悔しさと怒りが入り混じったような表情で、トモヤを睨みつける。

「はあ、はあ……驚きましたよ、トモヤ。まさか君がこれほどの実力を有しているとは思っていませんでした」

「降参するなら今のうちだぞ」

「降参？　馬鹿を言わないでください。勝つのは私です！」

リンクは立ち上がり、再びトモヤに向けて駆けてくる。

この諦めの悪さだけは、認めることができるかもしれないなとトモヤは思った。

無論、だからといって勝利までやるつもりはないが。

「悪いが、何度こようが無駄――」

不意に、トモヤは違和感を覚えた。

何か得体のしれないものが、トモヤの体を包み込む。

それは、まるでトモヤの動きを妨害するかのような感覚だった。

「喰らえッ！」

「しまっ」

などと考えているうちに、リンクはトモヤのすぐ手前までやって来ていた。

このままだとリンクの振るう宝剣がトモヤに直撃する。つまり、∞を誇るトモヤの防御ステータスによる反動で壊れてしまう可能性があるということだ。

弁償は勘弁だ！

「攻撃ステータス・20万」

そんな思いのもと、トモヤは仕方なく攻撃ステータスを20万にまであげ、終焉剣《ジオ・フィーネス》を握っていない左手でリンクの腹を殴打した。

勢いよく、リンクの体が空中で回転しながら吹き飛んでいく。

ちょっとやりすぎてしまったかもしれないと、トモヤは心の中で反省した。

そうこうしているうちに、背中から地面に落下したリンクは、やっとのことで体を起こす。そしてトモヤに向けられたその目には、これまでと違い驚愕の色が含まれていた。

「くっ……！　ありえません！　トモヤ、なぜ君はそのような動きができるのですか！」

「なぜって、普通にだけど……しいて言うなら攻撃ステータスを高めた」

「なっ！　だとするなら、まさかこれまでは手加減した上でSランク級の強さを誇っていたということですか⁉」

「まあ、そういうことになるな」

「そんな……ッ！　これでは、計画が狂います……！」

リンクは絶望したように、地面に両手と両膝をつける。

勝ち目がないことを理解したのだろう。そうなるのも自然なことだ。

（待て――いま、計画が狂うって言ったか？）

ふと、トモヤはリンクが呟いた内容について疑問を抱いた。計画とはいったい何のことなのかと。普通に考えれば、トモヤに勝ってリーネを婚約者にするという意味だとは思うが、なぜかそれだけを指している様には思えなかった。

続けて、他の違和感についても脳裏に浮かぶ。先ほど、リンクに対応しようとした際、トモヤの体を包んだ得体のしれない何かだ。

結果としてトモヤが攻撃ステータスを上げれば何の問題もなかったが、あの現象自体はなかなかに不可解だった。まるでトモヤの動きを妨害しているかのような――

「――動きを、妨害？」

そこでトモヤは、昨日モントから聞いた話を思い出した。

モントは言った。

『戦闘の最中、まるで妨害系の魔法をかけられたかのように突然体が重くなったのだ。そう感じたのは私だけではない』――と。

「――まさか」

その時、トモヤの頭の中で、この二つの点が繋《つな》がった。

予想を確信に変えるため、トモヤはさっそく検証を開始する。

(索敵、発動)

トモヤの体から魔力が周囲に広がっていく。

そしてトモヤは見つけた。トモヤの体を包む魔力が、観客の中にいる四人から伸びているのを。

「なるほどな、そういうことだったのか――出て来いよ、お前ら」

トモヤは高密度な魔力を鞭《むち》のように伸ばし、その四人をリンクの前に連れ出した。

「なっ!」

「きゃあっ!」

「馬鹿な、なんだこの魔力は!」

「解けん……!」

四人は各々の反応をしているが、その先にいるリンクの表情を見れば、トモヤの考えが正しいことは明白だった。

すなわちこの決闘において、リンクはこの四人の力を借りてトモヤを妨害していたのだ。もっと言うならば、恐らく一昨日のモント達に対しても同じことをしていた。

そこから導き出される答えは一つ。

「リンク、これは最初から、全部お前が仕組んだことだったんだな」

「ッ!?」

リンクは驚愕に目を見開く。否定をしないということは、トモヤの考えは正しかったのだろう。証拠となる四人がこうして目の前に出てきた以上、誤魔化すのは難しいと判断したのかもしれない。

そんなトモヤとリンクのやり取りを見て、観客がざわざわと騒ぎ出す。

「おい、どうなってるんだ。神聖な決闘の場によく分からない奴らが出てきたけど」

「リンク殿下が仕組んだ？　いったい何を言っているのかしら」

「シア！　そっちも一口ちょーだい」

「分かった。あーん」

一部を除き、この状況に戸惑っている様子だった。

そんな中、立会人であるユーリが恐る恐る口を開いた。

「トモヤさま、いったいどういうことか説明していただいてもよろしいですか？」

「ああ」

頷き、リンクに向けて告げる。

「リンク、こいつらはお前の従者か何かで、決闘中、俺に妨害の魔法を発動するように指示を出していたんじゃないか？」

問うも、リンクは何の反応もしない。

仕方ないとばかりにトモヤは続ける。

「それだけじゃない。お前はこの決闘中だけじゃなく、一昨日の魔物襲撃の際にもモント達に妨害魔法をかけていたんだろう？　全てはエレガンテ家に汚名をかぶせ、リーネを婚約者とするために。違うか？」

「そ、それは――」

言い淀むリンク。

二人の話を聞き、観客達は喧騒《けんそう》に包まれる。

「今の話は本当か？　事実なら、決闘のルールを破っていたことになるが」

「リンク殿下がそんなことするはずがないわ！　言いがかりよ！」

当然だが、トモヤが少し説明しただけで周囲は納得しない。

トモヤは深く息を吐いた後、口を開けた。

「まあ、いま言ったことが正しいかどうかについては後回しでも構わない。どちらにせよ、この決闘でお前が俺に勝てないことはもう理解できたはずだ。お前にリーネをやるわけにはいかない。諦めろ」

「私は……私は……」

トモヤの言葉が耳に入っているのかいないのか、リンクは下を向いたまま、ボソボソと何かを呟く。

いっそのこと、気絶させてさっさと決闘を終わらせた方がいいのかもしれない。トモヤがそう思った次の瞬間だった。

「私の計画は完璧だったんです！　こんなことで狂わされるわけにはいきません！」

リンクは宝剣を両手に握り、勢いよく立ち上がり――それと同時に宝剣の刀身から、眩い深紅の光が放たれる。

「全てにおいて私が正しい、それは決定事項です！　トモヤ、君だけは絶対に許しません！」

「お前、いったい何を――」

それ以上、トモヤの言葉が紡がれることはなかった。

宝剣が放つ光は一層強まり、周囲を完全に覆いつくす。

そしてその光が収まると、そこには信じられないような存在がいた。

「これは……！」

一言で表現するなら、それは炎の怪物だった。

全長が10メートルを超えるその巨体は、燃え盛る深紅の炎で形作られる。あまりもの熱量に大気は歪み、周囲に凄絶な熱波が拡散する。今すぐにこの化物の前から逃げなければならない。だというのに、人々は震えるばかりで足を動かすことさえできない。

「まさか、こいつは――」

答えはもう分かっていたが、念のためにトモヤは鑑定を発動する。

そして、その怪物が何者であるか確信を抱いた。

【イフリート】――ランク測定不能。

「炎魔《えんま》イフリート……！」

剣神と並び、この地にて崇められる存在である、炎魔イフリート。

だがそれはイフリートの魔力が土地の発展にのみ利用されていたからだ。

このように実体を得た以上、この存在は神は神でも邪神の一種。

そして、宝剣の封印から解き放たれた喜びを表現するかのように――

『グルォォォオオオオオオオオオ！』

――炎魔の咆哮が、この国全体に響き渡った。

◇◆◇

イフリートが出現し、場は阿鼻叫喚《あびきょうかん》に包まれる――そんな中、トモヤの対応は早かった。

「留壁！」

スキル・防壁の派生能力の一つ、場所に固定した壁を生み出す留壁を唱える。

そうすることによって、イフリートをドーム状の壁に閉じ込めることに成功した。

「ユーリ、今のうちに皆の避難を！」

「わ、分かりました！」

ユーリはすぐに冷静さを取り戻し、観客を避難させるよう動いてくれた。

観客の中には腰を抜かしていた者もいるが、なんとか全員ここから離れてくれる。

残ったのはトモヤと、なぜか気絶しているリンクに、彼を守るように立つ従者らしき四人。それからリーネ、シア、ルナリアだけだった。どうやらエレガンテ家の者達もここはトモヤ達に任せて避難してくれたみたいだ。

そんな中、リーネ達がトモヤのもとに駆け寄ってくる。

「トモヤ、無事か!?」

「ああ、俺は大丈夫だ。それよりも早く、この怪物をなんとかしないとな」

留壁の中に閉じ込められたイフリートに視線をやりながら、トモヤはそう呟いた。

ひとまずこれである程度の時間は稼げるから、そこまで急ぐ必要はないかもしれないが。

そう思った直後のことだった。

『グルァァァアアアアアアアア！』

「ッ、なんだ？」

留壁の中でイフリートが雄叫《おたけ》びを上げたかと思えば、その体が凄まじい勢いで小さくなっていく。いったい何を考えて――

「トモヤ、こっち」

「シア？」

――シアの声を聞き、彼女と同じ方向に視線を向ける。

そして驚愕に目を見開いた。

「なっ……！」

驚くことに、そこにはイフリートの姿があった。

どういう原理かは知らないが、留壁から抜け出してきたらしい。

トモヤは少しだけ考え、すぐに理由を悟った。

「地中から移動してきたのか！」

トモヤが発動した留壁はドーム状。すなわち地面までは覆っていなかった。

それで十分だと考えていたが、よくよく思い返してみればイフリートは純粋な魔力で生み出された不定形の存在。魔力だけならば地中を伝って移動することも可能なのだろう。

「今度は地面も覆うように、もう一度留壁を発動するか？　いや、それよりも魔法で消滅させてしまった方が早いか」

観客の避難を優先させるため先ほどはイフリートを封じ込めることにしたが、今はその心配もいらない。少なくともこの場にいる少数の人を傷付けずに討伐することは、トモヤにとってそう難しくはないからだ。

決断し、トモヤが拳を引いたその時、人々の避難を終えて戻ってきたユーリが焦った表所で叫ぶ。

「お待ちください、トモヤさま！　イフリートを討伐しないでください！」

「ユーリ？」

彼女はちらりと今も横たわっているリンクを一瞥した後、紫水晶のような瞳で真っ直ぐトモヤを見つめる。

「イフリートの魔力は、この地にとって掛け替えのないものになっています。どうか、討伐ではなく封印をさせていただけませんか？」

「……そう言えば、そんな事情があったな」

たしかにユーリの言う通り、イフリートの討伐は待った方がいいかもしれない。

しかし――

『グルァアアア！』

「チッ！」

イフリートから放たれた巨大な炎の塊を、トモヤは終焉剣《ジオ・フィーネス》を振るうことで上空に弾く。

とうとう、攻撃を始めたようだ。

「これだけ強力な敵だ。そう長い時間放置することもできないが、封印するための方法は分かっているのか？」

「い、いえ、実は当時の文献は既に失われているため、どのようにして剣神がイフリートを封印したのかは不明なんです。そもそも剣神の実力だからこそ可能だったというのが一般的な見解ですが……それでも、諦めたくはありません！」

「……ユーリ」

ユーリの気持ちは分かった。だが封印の方法が分からないことには、トモヤにはどうすることもできない。

そして当時の記録がない以上、封印の方法を知ることさえ――

「――いや、待て。あるぞ、方法が」

「っ！　本当ですか、トモヤさま⁉　どのようにして封印を⁉」

「いや、封印の方法が分かったんじゃない。封印の方法を知るための方法に、心当たりがあるんだ」

ただ、それを実行するには少し時間が必要だ。

その間、イフリートからの猛攻にはトモヤ以外の力で耐えきる必要がある。

厳しい戦いにはなるが、彼女達ならやってくれるはず。そう信じて、トモヤはリーネやシアに視線を向ける。

「リーネ、シア、悪いが少しだけでいい。イフリートを足止めしてくれないか？」

「何か考えがあるんだな？　了解した」

「任せて、トモヤ」

「助かる。ただ、何かあったらいけないから——纏壁《てんへき》っと」

スキル・防壁の派生能力の一つ、対象者を包み込む透明の壁を生み出す纏壁を発動する。これで万が一のことがあったとしても、リーネやシアの身に危険が迫ることはないはずだ。

「ねえねえ、トモヤ！　わたしはなにしたらいいかなっ？」

「そうだな、ここからリーネとシアの応援を頼む」

「りょうかい、だよっ！」

ルナリアは元気いっぱいに頷き、リーネとシアを応援する。

これで二人の能力が数十倍になったので一安心だ。ついでに念のため、ルナリアにも纏壁を発動しておく。

「それでトモヤさま、その方法とは？」

「これを使うんだ」

トモヤはそう答え、終焉剣《ジオ・フィーネス》を掲げる。

「それは剣、ですよね？」

「ああ。悪いがここからは少しだけ集中する」

言って、トモヤは静かに目をつむった。

そして深い集中状態に入る。

終焉剣。それは終焉樹《しゅうえんじゅ》の核から創られた一振りの剣。終焉樹の核には、数万年分の魔力が籠っている。すなわち、そこには魔力を使用した者の記憶も含まれている。

それを使って、トモヤはセルバヒューレにてディヴァンという青年の記憶を見て、瞬刃《スアル・エジト》という技を覚えた。それと同じように、当時のイフリート戦の記憶を参照すればいいと考えたのだ。

そして、トモヤは静かに告げる。

それを行うために必要な言葉を。

「――記憶参照《レファ・ルート》」

そう唱えた瞬間、トモヤの脳内にかつての記憶が流れていく。

突如として現れた強大な敵、イフリート。それを前に数多の国が協力して対抗しようとするが、討伐には至らない。

そんな中、一人の青年が現れた。彼は一振りの短剣のみを握り、真正面からイフリートと戦い――その末にイフリートを封印することに成功した。

その青年の顔に、トモヤは見覚えがあった。

（そうか、お前が――）

そこでようやく理解する。この国に伝わる剣神とは、つまり――――

と、そこで記憶の流れが止まり、トモヤは現実に戻ってくる。

「見つけた」

けれど問題はない。もう既に、イフリートを封印するための方法は見つけたから。

同時に、この方法をトモヤに再現することは不可能だということも悟った。

それを行うために必要な者をトモヤは呼び寄せる。

「リーネ！　こっちに戻ってきてくれ！　シアはそのまま足止めを頼む！」

「ッ、了解した！」

「わかった」

イフリートとの戦いをシアに任せ、リーネはこちらに戻ってくる。

トモヤはそんなリーネとユーリの二人を見て、ゆっくりと告げた。

「イフリートを封印するための方法が分かった」

「本当か、トモヤ⁉」

「それは何ですか？」

答えを知りたがる二人に、トモヤは告げた。

「――剣舞だ」

「『剣舞？』」

「ああ。剣舞こそが、イフリートを封印するための儀式だったんだ」

剣神は一人でイフリートと戦闘を繰り広げたと、この国には言い伝えられている。

それは半分正しく、半分間違っている。

確かにイフリートと直接戦ったのは剣神だけだが、正確にはもう一人の人物がその場にいた。剣神の後ろには、豪奢な剣――宝剣を構えた一人の少女がいたのだ。

彼女は剣神とイフリートの戦いのそばで、剣舞を披露した。

イフリートの怒りを鎮め、破滅の側面を抑え込むために。

その結果、宝剣の中にイフリートを封印することに成功し、実際にイフリートと戦った剣神こそが英雄として崇められるようになった。

そんな戦いの記録が、今も剣舞として引き継がれている。

そのことをリーネとユーリに話すと、二人は驚いたように目を見開いた。

「まさか、剣舞にそのような意味があったとはな。今の話を聞くに、私が剣神を、ユーリがその少女を担当していたことになるのだろうか」

「つまりトモヤさまは、その儀式を今からわたくしたちに執り行えとおっしゃるのですね？」

「そうだ。これから二人には前線に立ってもらう。自分達だけの力で立ち向かわないと封印は成功しないみたいだから、リーネの纏壁も解く必要がある。イフリートと一人で渡り合うことになるリーネはその分危険が大きい……それでもやるか？」

その問いにリーネとユーリは顔を見合わせた後、トモヤを見て力強く頷いた。

「「当然だ（ですわ）」」

同時に応える二人を見てやっぱり仲良しだな、と思うトモヤだった。

方針は決まった。さっそく実行に移すことにする。

トモヤは気絶しているリンクから宝剣を取ると、ユーリに差し出した。

「ユーリ、宝剣を構えてくれ」

「……まさかこんな風にして、わたくしが宝剣を握ることになるとは思っていませんでしたわ」

　宝剣を両手で掴んだユーリの表情には、緊張の色が浮かんでいた。

　それでも、やってもらうしかない。

「シア、お前も戻ってくれ！」

「――おっけー」

　イフリートから繰り出される炎の腕による一振りを躱した後、シアはこちらに戻ってくる。それと入れ替わるようにして、リーネとユーリの二人が前に出る。

「トモヤ、二人は何をするの？」

「イフリートを封印するための儀式をするんだ――って、シア⁉」

　数十秒だけとはいえ、イフリートをたった一人で足止めしていたからだろうか。

　シアの額から大量の汗が流れ、その場で崩れ落ちそうになる。それをトモヤは抱きかかえるような形で支えた。

「大丈夫か、シア？　どこか怪我を負ったり――」

「いえい、計算通り」

「――シアさん？」

　心配するトモヤとは裏腹に、シアはなぜか満足そうな顔をしていた。

　まさか――

「この体勢になるために、わざと倒れるフリをしたな？」

「おかげで抱きしめてもらえて満足。頑張ったんだから、これくらいのご褒美があってもいいと思う。違う？」

「それは別にいいんだけどな……」

緊張感が一気に削がれてしまった。トモヤがそう考えていると、そんな二人のやりとりを見ていたルナリアが元気いっぱいに声を出す。

「じゃあ、わたしも！」

「ルナ？」

シアの反対側から、ルナリアが勢いよく抱きついてくる。

そうこうしているうちにも、トモヤ達の前ではとうとう儀式が始まろうとしていた。

リーネとユーリは、それぞれの剣を構えながらイフリートと対峙《たいじ》する。

「むぅ……なんだか後ろが騒がしい気がするのだが」

「リーネ、嫉妬をするのは結構ですが、今は目の前のことに集中してくださいね」

「な、ななな、何を言っているんだ君は！　私が嫉妬などしているはずがないだろう！」

「はいはい、そういうことにいたしましょうか。では、いきますよ」

ユーリは一歩前に出て、力強く剣を振るう。

一振り一振り、丁寧に型を忠実に守りながら。

その姿は美しくも気高かった。

『グルゥ、ルグァァァアアアアア！』

ただ、それを黙って見ているイフリートではない。

イフリートは巨大な両腕を高く上げ、勢いよくユーリに向かって振り下ろす。

しかし——

「はあッ！」

その炎をリーネが振るった刃が切り裂いた。炎の腕は一時的に消滅するが、大気から魔力を取り込むようにしてすぐに復活する。イフリートは続けて連撃を放ってくるも、リーネはユーリの周囲を駆け巡りながら、彼女のことを守り続ける。

「……こういうことだったんだな」

昨日、夜会にて二人の剣舞を見た時、トモヤはこんな感想を抱いた。ユーリはまるで型を披露しているようで、対してリーネは実戦用の剣技のように見えたと。

その理由が今分かった。イフリートを封印するための儀式として剣を振るうユーリと、そんな彼女をイフリートから守るため実際に戦闘を行うリーネ。この光景を、あの剣舞は再現していたのだ。

イフリートの攻撃はさらに加速し、それに応じるようにリーネの速度も上昇する。その最中、ユーリとリーネの動きは徐々にシンクロし始める。

それは時間にしてたった数分。だけど数時間の大作映画を見ているかのような興奮が胸に押し寄せてくる。

そしてとうとう、その瞬間が訪れた。

「ユーリ！」

イフリートが繰り出した最大の攻撃を退けたリーネが叫ぶと、ユーリは頷く。

彼女は自分を大きく上回る強大な敵を前にして、宝剣を高く掲げる。

「この地に現れし爆炎の王よ。いまひとたび、我が宝剣に宿りたまえ！」

告げるとともに、ユーリは全身全霊で宝剣を振り下ろす。

同時に、イフリートの体に異変が起きた。

先ほど、留壁の中から抜け出した時のように、炎で形作られた体が徐々に小さくなっている。先ほどと違うのは、体から離れた炎が宝剣に吸収されているという点だ。

長い長い時を経て、イフリートの全てがユーリの宝剣に吸収されるのだった。

「……終わったか」

イフリートの封印が成功したことを確認し、トモヤは静かにそう呟いた。

と、そのタイミングでユーリの手から宝剣が滑り落ち、彼女自身もその場に崩れ落ちていく。

「ユーリ！」

シアやルナリアとともに、トモヤはユーリのもとに駆け寄る。

何があったのかと思ったが、単純に体力が切れただけみたいだ。

ユーリは疲れ切った表情で口を開く。

「トモヤさま……これで、封印はできましたか？」

「ああ、よくやったユーリ。もちろん、リーネも……」

その瞬間、ふわりと懐かしさを覚えるような香りがトモヤの鼻腔をくすぐった。

まるで、何者かがトモヤの横を通り過ぎたかのように。

トモヤは周囲を見回し、そして気付いた。

「あれはいったい……！」

視線の先には、いつの間にか半径50メートルほどの結界が生まれていた。

その中には二人の人間が取り残されている。

一人はたった今イフリートと渡り合っていたリーネ。

そしてもう一人は、宝剣を握る白髪《はくはつ》の青年。

その青年を、トモヤは知っていた。

「――剣神ディヴァン！」

かくして、トモヤの理解を超えたその場所で。

ユーリと剣神による最後の戦いが始まろうとしていた。

◇◆◇

（どうやら、無事に終わったみたいだな）

ユーリが握る宝剣にイフリートが封印されるのを見届けて、リーネはほっと胸を撫で下ろした。

イフリート。それはかつてリーネが戦ったフィーネスには及ばないとはいえ、間違いなくリーネを超える実力を有した怪物だった。トモヤはともかくとして、あのシアでさえ数十秒足止めするだけでかなりの体力を削られるほどに。

先ほどシアが疲れたフリをしてトモヤに寄りかかっていたが、あれは演技というだけではなく、本当に疲れていたのだろう。

なんにせよ、イフリートの封印は無事に終わった。

これで万事解決。

だというのに、リーネの胸中には不思議な感情が沸き上がっていた。

(私は本当に、皆の役に立てたのだろうか？)

今回はただイフリートからユーリを守るだけだったので、リーネの実力でも成し遂げることができた。

しかし仮に、リーネが一人でイフリートを討伐しなくてはならない状況だったとするならば、それを成し遂げられたかどうかは分からない。

トモヤとシアは言っていた。

以前、ルーラースライムという強敵と遭遇した際、二人で力を合わせて討伐したと。

だけどリーネは前回のフィーネス戦も今回のイフリート戦も、できたのは時間稼ぎのみ。本当の意味で力になることはできていないんじゃないかと、そんな不安が募る。

「……もっとも、考えても仕方ないことかもしれないがな」

考えを振り払うように、頭を左右に振るう。

そしてトモヤ達のもとに戻ろうとした、その時だった。

「────ッ！」

とても言葉では表現しきれないような威圧感を受け、咄嗟に剣を構える。

リーネの視線の先には、一人の青年が立っていた。

男性にしては少し長めの白髪を靡かせるその青年は、手に宝剣を持ってリーネを見据えていた。

その青年が誰であるか、リーネは直感的に理解した。

いや、そもそも今すぐ横に、彼と同じ姿をした銅像がある。

すなわち、そこに立っていたのは――剣神だった。

「これはまた、驚いたものだ」

剣神は過去の人物であり、既に亡くなっているはず。

にもかかわらずこうしてここにいるということは、思念体か何かなのだろうか？

なんにせよ、剣を握りリーネを見つめている以上、何もせずに消えてくれるとは思わないが。

『――リーネ・エレガンテ』

すると、剣神は静かにリーネの名を呼んだ。

驚愕に目を見開くリーネに対し、剣神は続ける。

『私に続き、イフリート封印の大義を成し遂げた英雄よ。これより継承の儀を執り行う』

剣神はさらに驚くようなことを言った。

「剣神の儀、だと？」

『これ以上の説明は不要。私達の間に言葉はいらない――これだけでいい』

言って、剣神は宝剣を構えた。

「……まったく、ふざけたものだ」

突然、千年以上前の英雄が現れたかと思えば戦いを挑まれるなど、冷静に考えて明らかに馬鹿げた事態だ。

だけど不思議と、リーネはそれに応える気になった。

改めて周囲を見渡してみると、リーネと剣神を取り囲むように結界が張られている。

その先では、トモヤが心配そうにリーネを見ながらも、助けに行くべきか悩む素振りを見せていた。

そんなトモヤに対して、リーネは首を振って伝える。ここは私一人でなんとかすると。

事情を全て把握してはいないだろうに、リーネの意思を知ったトモヤは迷うことなく頷いてくれた。

彼に感謝しながら、リーネは剣神を見据える。

剣神は先ほど、継承の儀と言った。となると、それを終えれば何かしらがリーネに与えられるのかもしれない。

けど、そんなことは今どうでもいい。

自分の力不足を感じているところに、こうして最強の剣士が現れたのだ。

こんな絶好の機会を逃すなど、あり得ない！

今、リーネの体を突き動かすのはそんな純粋な気持ちだった。

『では、始めるとしよう』

「ああ、そうしよう」

剣神とリーネはそれぞれの剣を構え、真っ直ぐに向き合う。

卓越した剣士である二人に、合図などいらなかった。


「はぁあああ！」

『────ッ！』


踏み込みは同時。

10メートルほどの距離が一瞬で埋まり、二人の振るう刃がぶつかり合う。

最初は、互角。

「まだだ！」

リーネは止まることなく、何度も剣を振るい剣神に斬りかかる。しかし剣神は余裕を持った動きで、その攻撃を全て捌《さば》いていた。

(強い……ッ！)

たった数回の斬り合いでも、その実力は嫌というほど伝わってくる。

剣神はリーネを遥かに上回る技量を誇っていた。

今は剣神の防戦一方のようにも思えるが、これはきっとリーネの剣撃を受けることによって実力を測っているのだろう。

おおよその実力が把握できれば、その後にすることは決まっている。

『――――』

「くッ！」

僅かな隙をつき、剣神は反撃に転じる。

それをなんとか剣で受け止めたリーネだったが、あろうことか剣神の圧倒的な膂力《りょりょく》によってリーネの体は勢いよく吹き飛ばされた。

（なんて重さだ……！）

パワーがあるのはもちろんだが、それ以上に、力を引き出すための体の使い方が抜群に上手い。純粋な身体能力だけならばフィーネスに劣るだろうが、技量を含めれば匹敵するのではないかと思わせるほどだった。

しかし吹き飛ばされたことによって距離が開いたのは、リーネにとってむしろ好都合。

リーネは空中で体勢を整えると、剣術スキルと空間魔法スキルを同時に発動する。

「喰らえ――空斬！」

空を切り裂く斬撃が、一直線に剣神に向かう。

だが――

『瞬刃《スアル・エジト》』

「なッ！」

剣神もまた、リーネと同じように斬撃を放つ。

違ったのはその威力だ。剣神の放った斬撃はリーネの放ったそれを易々と断ち切り、そのままリーネに襲い掛かってくる。

リーネは地面に着地すると同時に身をよじり、ギリギリで斬撃を回避する。

しかしそうこうしているうちに、剣神は真っ直ぐリーネに向かって駆け出していた。

振るわれる宝剣。それを受けるリーネ。先ほどまでとは逆に、今後はリーネが防戦一方になる。反撃の隙を見つけることもできない、正真正銘の防戦一方だ。

だが、まだリーネの翡翠《ひすい》の瞳に諦めの色はなかった。

まだ一つ、リーネには隠し玉があるからだ。

イフリートとの討伐時を含め、既に数百回、リーネは剣を振るっている。

条件はもう、とっくに揃っていた。

だからこそ、リーネはタイミングを見計らって心の中で告げる。

（空間斬火、第二の太刀《たち》――）

時間を超越する、その斬撃を浴びせるために。

「永久残火《とこしえざんか》」

刹那、剣神を中心に火炎の剣閃が咲き乱れる。

常軌を逸した熱量を誇る斬撃は、瞬く間のうちに剣神の体を切り刻んでいく。

だが――

『甘い』

「な――」

炎の斬撃を浴びてもなお、剣神は無事だった。

左腕は斬り落とされ、体中に火傷痕《やけど》があるにもかかわらず、痛がる素振りも見せずリーネに追撃を仕掛けた。

刃はかろうじて躱したものの、続く蹴りがリーネの腹に埋まり、そのまま軽々と吹き飛ばされてしまう。そのままリーネの体は背中から結界にぶつかった。

「がはっ！」

肺から空気が漏れ、呼吸ができなくなる。

動きを止めるリーネに、剣神はゆっくりと歩きながら近付いてくる。

――それはさながら、いつの日かの再現のようだった。

(そうか。私は負けたのか……)

朦朧とする意識の中、リーネは剣神に視線を向ける。

驚くことに、剣神の体は凄まじい勢いで回復をしていた。

(結局、フィーネスと戦った時と同じだというわけだ)

フィーネスの本体は魔力であり、終焉樹《しゅうえんじゅ》を利用して人の形を生み出しているに過ぎなかった。依り代《よりしろ》は違うのだろうが、恐らく剣神も本体は魔力そのものなのだろう。そうであれば、先ほどリーネが予想した、剣神が思念体か何かであるという考えとも矛盾しない。

もっとも、それが分かったところで今さらどうしようもない。

確定しているのは、リーネでは剣神に勝てないという事実のみ。

(トモヤに、助けを求めるべきだろうか?)

ただあの時と違う点として、いま結界の後ろにはトモヤがいる。彼ならば剣神を相手にしても、一切苦労せず勝ってみせるだろう。

それで、リーネの命だけは助かる――

「――だけどそれは、私の望んだことじゃない」

――心は、その結末を全力で拒絶した。

傷付く体に鞭をうち、リーネは無理やりその場で立ち上がる。

それを見て、剣神は感心したような表情を浮かべる。

『まだ立ち上がるか』

その言葉に対し、リーネは不敵に笑う。

「当然だ。私は、もっと強くならなくてはいけない。だからもう二度と、負けるわけにはいかないんだ！」

両手で剣を握り、真っ直ぐに剣神を見据える。

覚悟は決まった。だけど、それだけで現状を覆すことはできない。

剣神は心技体、全てにおいて最高峰の実力者。普通に戦っても、リーネに勝ち目など1パーセントもないだろう。

ならば諦める？　冗談ではない！

「今も〝彼〟が、私の背中を見ているんだ。諦めることなど、絶対にありえない！」

考えろ、現状を覆す方法を。

自分の持ちうる武器の中で、何を使えば剣神に打ち勝つことができる？

身体能力、技量は圧倒的に剣神が勝る。

リーネだけが持つミューテーションスキル・空間斬火も剣神には通用しなかった。

なら、他には何がある？　知恵を振り絞れ。自分を遥かに上回る強敵に勝つためには、普通のやり方ではダメなんだ。
策を弄し、敵を騙し、弱点を突くことによって凌駕《りょうが》する。
そうすることでしか、圧倒的ハンデを覆すことなどできない——

「——いや、違う」

——不意に、リーネの頭に天啓が舞い降りた。
その天啓はあまりにも現実離れした方法であり、理性では無理だと理解している。
だけど本能は、それを選べと力強く叫んでいた。
「なら、そうするしかないだろう」
覚悟を決めて、リーネは銀色に輝く刃を持った剣を、両手で握り高く振り上げた。
そしてまっすぐに、剣神を見据える。
『…………』
そんなリーネを見て何を思ったのか、剣神もその場で立ち止まり同じ動きをした。
すなわち、宝剣を高く振り上げたのだ。
やがて訪れる最後の攻防までの数瞬、リーネは自分自身のことを思い返す。
リーネは幼い頃から不器用で、優秀なステータスやスキルからは想像もつかないほどの実力だった。剣技も魔法も何もかも中途半端。そんなリーネがSランクにも至るほどの力を入手したのは、ひとえにミューテーションスキル・空間斬火のおかげだ。

その空間斬火が一度や二度破られたくらいで、他の手段に頼ろうとする、その判断自体がきっと間違っていたのだ。

偶然でも、奇跡でもなんでもいい。この力を得たのはリーネで、使うのもリーネ自身。どうしようもない自分を支えてくれたのは、いつだってこの力だった。

だからもう一度、この力を信じようと。そうリーネは思ったのだ。

『――滅刃《ディス・エジット》』

おもむろに、剣神はそう告げた。

彼が振り上げた宝剣には、大気中から大量の魔力が集っていた。

イフリートの総魔力量にすら匹敵するほどの、莫大な魔力を――剣神は放った。

目を覆いたくなるほどの眩い光の斬撃が、リーネに迫る。

だけど、リーネは目をそむけない。

覚悟はとっくに済ませていたから。

「――――いくぞ」

リーネの呟きとともに、銀色の刀身に莫大な魔力が宿る。

迫りくる純白の光を見据えながら、リーネは空間斬火というミューテーションスキルについて、改めて思考を巡らせていた。

空間斬火――それは、切り裂いた空間を直接燃やし尽くすという強力なスキルだ。

しかも、それを発動するための時間制限は存在しない。つまり、空間を切り裂いてからどれだけ時間が経ったとしても、その力を発動することができるのだ。それこそが第二の太刀、永久残火の効果でもある。

しかし窮地に追いやられた今、リーネは新たな可能性に気付いた。

これまで意識したことはなかったが、永久残火を発動するためには二つの条件が必要となる。

一つは、リーネが切り裂いた空間に、そこを燃やし尽くすだけの魔力が留まっている必要があるということ。もう一つは、リーネの意思でそれを発動するためには、リーネからその場所に魔力の経路《パス》が繋《つな》がっている必要があるということだ。

これまでの空間斬火はリーネが指示を送り、その場に留まり続けていた魔力を使用することによって強力な炎の斬撃を放っていた。

しかしそれを理解した時、新たな可能性に気付いた――切り裂いた場所に留まり続ける魔力を、逆に経路《パス》を利用してリーネのもとに運ぶことはできないか――と。

それを試した結果、リーネの刃にはこうして彼女の限界を遥かに超える魔力が宿ろうとしていた。それに伴い、刀身は驚くべき勢いで深紅に染まっていく。

この剣を受け取ったとき、フラーゼは言っていた。魔力を吸収し数倍の威力で放つこの剣は、それを繰り返すごとにどんどんと成長していくと。

彼女の言葉通り――この剣は今、急激に進化を遂げていた。

もう何も、怖くはなかった。

（空間斬火、第三の太刀――）

これまでの戦いにおいて、積み重ねてきた経験の全てを――今、ここで解き放つ。

そして、リーネの声が凛然《りんぜん》と響いた。


「――収斂燦火《しゅうれんさんか》」


光り輝く深紅の炎が、刀身から勢いよく放たれた。

深紅の炎は、剣神が放った純白の光とぶつかり、せめぎ合う――だが、それは一瞬のことだった。

炎が光を呑み込み、さらに力を増して剣神に迫る。

ただ力を束ね、放つだけの純然たる破壊の一撃――器用さも技術も必要ない、リーネにとって最善かつ最強の攻撃。

それはやがて剣神へと迫り――

『……見事だ』

その炎に呑み込まれる直前、剣神は小さく笑うのだった。

◇◆◇

一瞬のようで、それでいて永遠のような戦いが幕を閉じる。

炎が全てを呑み込み、空へと柱になって消えた後——そこには既に剣神の姿はなく、無造作に宝剣が転がっているだけだった。

だがその直後、リーネの体に不思議な現象が起きる。

「これは……！」

剣神がいた場所から漂ってきた純白の魔力が、リーネの体に吸収されていく。

それと同時にリーネは、剣神が長い人生で手にしてきた経験や技量を感覚的に手に入れることができた。

ステータスに何かしらの変動があったわけではない。

それよりも大切な力を、リーネは入手——否、継承したのだ。

「結局、私には小細工が似合わないと思った矢先にこれか……まあいい、ありがたくもらっておくことにしよう」

そう言い残し、リーネは戦いが終わった今も刀身が深紅に染まり続けている剣を鞘に入れ、ゆっくりと振り返る。どうやらもう、結界はなくなっているみたいだ。

「おつかれ、リーネ」

その先にいたトモヤが、柔らかい笑みを浮かべてそう言ってくれる。

それに応えるように、リーネは笑って告げるのだった。

「勝ったぞ、みんな」――と。

エピローグ　その出会いの意味は

リンクとの決闘、炎魔イフリートの封印、それからリーネと剣神ディヴァンの戦闘というイベントが立て続けに発生したその日から、数日の時が経過した。

その中でまず語るべきは、やはりリンクのことだろうか。

結局あの後、リンクの罪状が次々と明らかになった。

トモヤの予想通り、決闘での妨害や、魔物による襲撃時のモント達に対する妨害はリンクの指示によるものだった。しかもそれだけじゃない。あの時の魔物の襲撃すら、リンクが仕組んでいたものだったのだ。どうやら部下に命令し、召喚魔法で大量の魔物を出現させたらしい。

思い返してみれば、あの時現れたワイバーンを倒すと、死体は残らずそのまま消滅していった。それが召喚魔法で呼び出された魔物を討伐した時特有の現象だということをトモヤは忘れてしまっていたのだ。よくよく考えれば、ノースポートでトモヤがウィンドドラゴンを倒した時も、死体は残らずに消滅していた。

そして最後のトドメとして、リンクはトモヤに罪状を明らかにされ追い込まれた結果、最後の抵抗とばかりにイフリートの封印を解いた。結果として誰も傷付かずに済んだが、とんでもない行為だということで、貴族平民問わず非難されるようになった。

この件についてはデュナミス王国から直々にトモヤ達やエレガンテ家が謝罪を受け、処罰についての意見を求められた。

正直、トモヤはリンクがしっかり裁かれるなら、どんな方法でもよかったのだが……

「…………」

「……はあ」

最悪、死刑になってもおかしくないほどの罪だったようだが、その場にいたユーリのやるせない表情を見たら、そこまでの重い要求をすることはできなかった。

それはエレガンテ家の者達も同様だったようで、最終的にはリンクに対して王位継承権の剥奪と国外追放が言い渡された。ただし温情として、自分一人の力で冒険者として多大な成果を残した際には、国に戻ることが許されることになった。その辺はさすが実力至上主義国家といった感じだ。

ちなみに当然のことながら、エレガンテ家に対する処罰は全てなしになった。それだけじゃなく賠償金《ばいしょうきん》もかなりの額を頂けたそうで、一気にエレガンテ家の財政は回復したみたいだった。

そんなこんなで一通りの問題を解決したため、トモヤとリーネは今日、二人で町を散策しているのだった。

出店を見回りながら、おもむろにリーネが口を開く。

「それにしても、ルナとシアは用事があるということだったが、いったい何があるのだろうか？」

「たしかに気になるな」

この一週間、家の用事などでトモヤ達とは別行動が多かったリーネ。ようやく自由な時間が生まれたのでこうして出かけることになったのだが、なぜかルナリアとシアは用事があるという理由でついてこなかった。それにしてはトモヤとリーネを見送る際、二人がにやにやと笑っていたのが気になるが。

なんにせよ、せっかく二人きりで過ごせる時間だ。大切にしよう。

トモヤとリーネは何気ないやり取りを交わしながら町を歩いていく。

そんな折、リーネが口を開く。

「そうだ、トモヤ。この前はありがとう」

「この前？　リンクとの決闘のことか」

「それもあるが、それ以上に……剣神との戦いを見守ってくれたことに対してだ」

「ああ、それか」

リンクが宝剣からイフリートを解放したあの時、同時に剣神の思念体が形を得て姿を現した。それはイフリートと渡り合った相手の実力を測り、資格があれば剣神の力を継承するためだったらしい。

仮にあそこでトモヤがリーネを助けていたら、剣神の継承は行われなかっただろう。

もっとも、そうするつもりは毛頭なかったが。

「それを感謝されるのは少し違和感を覚えるな。俺にとって、あそこで手を出さないのは当然のことだったから」

「……当然？」

「ああ。だってリーネは剣神と戦う前に俺を見ただろ？　信じて見届けてほしいって気持ちを込めてさ」

「それはそうだが……それだけで君は、私を信じてくれたのか？」

「当たり前だ、俺がリーネを信じないはずないだろう？」

「――――」

率直な気持ちを伝えると、なぜかリーネは驚いたように目を見開く。

そしてすぐ、柔らかい笑みを浮かべた。

「そうか……改めて礼を言わせてくれ、トモヤ。本当にありがとう」

「ああ、どういたしまして」

今の会話でリーネがどのような気持ちを抱いたのかは分からないが、その言葉はしっかりと受け取るべきだと、トモヤはそう思った。

「さて、と」

少ししんみりとした空気になりかけたため、トモヤは話題を変えることにした。

「デュナミス王国でも、なんだかんだ言ってもう、結構な時間を過ごしたな。もちろん、リーネが落ち着けるようにもう少し滞在したいとは思っているけど、その後はどこを目指そうか？」

「ふむ、先の話か。だったら一度ルガールに戻るのはどうだ？　久々に彼女に会うのもいいと思うのだが」

「たしかに、それは楽しそうだな」

脳裏に浮かぶのは、トモヤがこの世界に来てから初めて仲良くなった女性だ。

トモヤがこの世界で最も深い信頼関係を築いてきたのはリーネだが、初めて信頼関係を築いたのは彼女だ。

リーネと楽しく話しながら、これから先の未来に想いを馳せる——そんな時だった。

「ねえねえ、お兄ちゃん、お姉ちゃん」

「ん？」

「なんだ？」

声をかけられたので振り向くと、そこには帽子を深く被《かぶ》った金髪の少女が立っていた。

なぜだろうか。彼女を見た瞬間、トモヤの心臓がドクンと跳ねた。

だけどそんなことはお構いなくといった様子で、少女は続けて告げるのだった。

「実は数日前、お兄ちゃんやお姉ちゃんが広場で戦ってるところを見てたんだ。その実力を見込んで一つ、お願いしたいことがあるんだけど――聞いてくれないかな？」

突如として現れた少女と、彼女の口から告げられたお願い。

なぜだろうか。それを聞いて、まったく関係ないはずのことがトモヤの脳裏を過る。

『間もなく、君には転機が訪れる。その時君が選ぶのは過去か未来か。どうか悔いのない選択を、ボクは願っている』

ウンディーネが主神エルトラからの伝言だと言い残していったその言葉を思い出し、トモヤは自分の胸がざわめくのを感じるのだった。


〈『ステータス・オール∞ 3』完〉

この作品に対するご感想、ご意見をお寄せください。

●あて先●

〒101-0052 東京都千代田区神田小川町3−3
主婦の友インフォス　ヒーロー文庫編集部

「八又ナガト先生」係
「シソ先生」係

ヒーロー文庫

ヒーロー文庫

ステータス・オール∞《インフィニティ》 3

八又《やまた》ナガト

2021年3月10日 第1刷発行

発行者 前田起也

発行所 株式会社 主婦の友インフォス
〒101-0052 東京都千代田区神田小川町 3-3
電話／03-6273-7850（編集）

発売元 株式会社 主婦の友社
〒141-0021
東京都品川区上大崎 3-1-1 目黒セントラルスクエア
電話／03-5280-7551（販売）

印刷所 大日本印刷株式会社

ISBN 978-4-07-447244-4